外国文艺理论丛书

诗 学

〔古希腊〕亚理斯多德 著
罗念生 译

图书在版编目（CIP）数据

诗学/（古希腊）亚理斯多德著；罗念生译. —北京：人民文学出版社，2022

（外国文艺理论丛书）
ISBN 978-7-02-017355-6

Ⅰ.①诗… Ⅱ.①亚… ②罗… Ⅲ.①古典诗歌—诗歌理论—古希腊 Ⅳ.①I545.072

中国版本图书馆 CIP 数据核字（2022）第 137737 号

责任编辑　张欣宜
装帧设计　黄云香
责任印制　王重艺

出版发行　人民文学出版社
社　　址　北京市朝内大街 166 号
邮政编码　100705

印　　刷　三河市鑫金马印装有限公司
经　　销　全国新华书店等

字　　数　122 千字
开　　本　880 毫米×1230 毫米　1/32
印　　张　4.25　插页 1
印　　数　1—3000
版　　次　2002 年 1 月北京第 1 版
印　　次　2022 年 9 月第 1 次印刷

书　　号　978-7-02-017355-6
定　　价　46.00 元

如有印装质量问题,请与本社图书销售中心调换。电话:010-65233595

出 版 说 明

"外国文艺理论丛书"的选题为上世纪五十年代末由当时的中国科学院文学研究所组织全国外国文学专家数十人共同研究和制定,所选收的作品,上自古希腊、古罗马和古印度,下至二十世纪初,系各历史时期及流派最具代表性的文艺理论著作,是二十世纪以前文艺理论作品的精华,曾对世界文学的发展产生过重大影响。该丛书曾列入国家"七五""八五"出版计划,受到我国文化界的普遍关注和欢迎。

进入新世纪以来,随着各学科学术研究的深入发展,为满足文艺理论界的迫切需求,人民文学出版社决定对这套丛书的选题进行调整和充实,并将选收作品的下限移至二十世纪末,予以继续出版。

人民文学出版社编辑部
二〇二二年一月

体 例 说 明

这个译本中使用的括弧,计分五种:( )号和(( ))(外括弧)表示亚理斯多德的插句和补充的字句;〔 〕表示可疑的字句;[ ]表示伪作;〈 〉表示后人补订的字句。至于译者补充的字句,则在脚注中说明,不加括弧。正文旁边的号码是亚理斯多德的著作的标准页码。

目　次

第一章 …………………………………………………… 1
第二章 …………………………………………………… 5
第三章 …………………………………………………… 8
第四章 …………………………………………………… 10
第五章 …………………………………………………… 15
第六章 …………………………………………………… 19
第七章 …………………………………………………… 24
第八章 …………………………………………………… 26
第九章 …………………………………………………… 28
第十章 …………………………………………………… 32
第十一章 ………………………………………………… 33
第十二章 ………………………………………………… 36
第十三章 ………………………………………………… 38
第十四章 ………………………………………………… 44
第十五章 ………………………………………………… 48
第十六章 ………………………………………………… 53
第十七章 ………………………………………………… 57
第十八章 ………………………………………………… 61
第十九章 ………………………………………………… 66
第二十章 ………………………………………………… 68

第二十一章	72
第二十二章	76
第二十三章	81
第二十四章	84
第二十五章	90
第二十六章	100

译后记	105
人名索引	124
作品索引	126

第 一 章

关于诗的艺术本身①、它的种类、各种类的特殊功能,各种类有多少成分,这些成分是什么性质,诗要写得好,情节应如何安排,以及这门研究所有的其他问题,我们都要讨论,现在就依自然的顺序,先从首要的原理开头②。

史诗和悲剧、喜剧和酒神颂以及大部分双管箫乐和竖琴乐——这一切实际上是模仿③,只是有三点差别,即模仿所用的媒介不同,所取的对象不同,所采的方式不同。

有一些人(或凭艺术,或靠经验),用颜色和姿态来制造形象,模仿许多事物④,而另一些人⑤则用声音来模仿;同

---

① "诗的艺术本身"指诗的艺术这个属,即诗的艺术的整体,和诗的艺术的"种类"相对。"诗的艺术"或解作"诗",以下同此。
② 按照"自然的顺序","属"(诗的艺术本身,即诗的艺术的整体)在前,"种类"在后。"首要的原理"指有关诗的艺术本身的原理。
③ 亚理斯多德并不是认为史诗、悲剧、喜剧等都是模仿,而是认为它们的创作过程是模仿。柏拉图认为酒神颂不是模仿艺术。到了亚理斯多德的时代,酒神颂已经半戏剧化,因为酒神颂中的歌有些像戏剧中的对话,因此亚理斯多德认为酒神颂的创作过程也是模仿。酒神颂采用双管箫乐,日神颂采用竖琴乐。此处所指的音乐是无歌词的纯双管箫乐和纯竖琴乐,其中一些模仿各种声响。
④ "一些人"指画家和雕刻家。古希腊的雕刻上颜色。"经验"原文作"习惯",指勤学苦练所得的经验。总结经验,掌握原则,则经验上升为艺术。
⑤ "另一些人"指游吟诗人、诵诗人、演员、歌唱家。

样,像前面所说的几种艺术,就都用节奏、语言、音调来模仿,对于后两种,或单用其中一种,或兼用两种①,例如双管箫乐、竖琴乐以及其他具有同样功能的艺术(例如排箫乐),只用音调和节奏(舞蹈者的模仿则只用节奏,无须音调,他们借姿态的节奏来模仿各种"性格"、感受和行动),而另一种艺术②则只用语言来模仿,或用不入乐的散文,或用不入乐的"韵文"③,若用"韵文",或兼用数种,或单用一种,这种艺术至今〈没有名称〉④。(我们甚至没有一个共同的名称来称呼索福戎和塞那耳科斯的拟剧与苏格拉底对话⑤;

---

① "节奏"是此处所说的几种艺术所必需的,但可以单独使用(即不附带"语言"或"音调"),例如舞蹈只使用节奏。若只使用"语言"(例如散文)或只使用"音调"(例如器乐),"节奏"也附带使用,因为只使用"语言"的散文和只使用"音调"的器乐也有"节奏"。若兼用"语言"和"音调"(例如抒情诗和戏剧),"节奏"还是附带使用。
② "另一种艺术"抄本作"史诗"。
③ 亚理斯多德所说的"韵文"指狭义的"韵文"(与"歌曲"相对),只包括六音步长短短格(即英雄格,亦称史诗格)、三双音步(六音步)短长格和四双音步(八音步)长短格。酒神颂采用入乐的"韵文",史诗则采用不入乐的"韵文",即六音步长短短格。
④ "没有名称"是后人填补的。
⑤ 索福戎(Sophron)是叙拉古(Syrakousai)拟剧作家,公元前五世纪中叶的人。塞那耳科斯(Xenarkhos)是索福戎的儿子,也是个拟剧作家。"苏拉格底对话"指描述苏格拉底的言行和生活的对话,是柏拉图和其他的人写的(这种体裁并不是柏拉图首创的)。"苏格拉底对话"(例如柏拉图的早期对话)和"拟剧"很相似,这种对话也可称为"拟剧"。亚理斯多德在他的对话《诗人篇》的片段(第七十二段)中认为索福戎的拟剧和阿勒克萨墨诺斯(Alexamenos)的对话(第一篇"苏格拉底对话")都是散文,并且都是"诗"(模仿品)。亚理斯多德在此处指出没有共同的名称来表示索福戎和塞那耳科斯的"拟剧"与"苏格拉底对话",是用不入乐的散文写成的作品。亚理斯多德把他的老师柏拉图作为一个诗人(意即模仿者)看待。柏拉图攻击诗人,他自己却也是个诗人。

假使诗人用三双音步短长格或箫歌格或同类的格律①来模仿,这种作品也没有共同的名称——除非人们把"诗人"一词附在这种格律之后,而称作者为"箫歌诗人"或"史诗诗人";其所以称他们为"诗人",不是因为他们会模仿,而一概是因为他们采用某种格律②;即便是医学或自然哲学的论著,如果用"韵文"写成,习惯也称这种论著的作者为"诗人",但是荷马与恩拍多克利除所用格律之外③,并无共同之处,称前者为"诗人"是合适的,至于后者,与其称为"诗人",毋宁称为"自然哲学家";同样,假使有人兼用各种格律来模仿,像开瑞蒙那样兼用各种格律来写《马人》[混合体史诗],这种作品也没有共同的名称。④)[也应称为诗人。]⑤这些艺术在这方面的差别,就是这样的。

---

① "箫"指双管箫。"箫歌格"(一译挽歌格)是一种双行体,首行是六音步长短短格,次行是五音步,次行的节奏比较复杂,大体说来,仍是长短格。"同类的格律"包括六音步长短格。

② 亚理斯多德认为这样称呼是不妥当的;因为诗人所以被称为"诗人",是因为他是模仿者,而不是因为他是某种格律的使用者。在亚理斯多德看来,格律不是诗的主要因素。

③ 恩拍多克利(Empedokles)是西西里的哲学家,公元前五世纪中叶的人,他的哲学著作是用六音步长短短格"韵文"写的。尽管亚理斯多德在他的《诗人篇》中(片段第七十段)认为恩拍多克利的风格有诗意,但此处与真正的诗做对举,他却认为他的作品不是"诗"。

④ 开瑞蒙(Khairemon)是公元前四世纪悲剧诗人。《诗学》第二十四章说开瑞蒙混用六音步长短短格、三双音步短长格和四双音步长短格。他大概还同时采用过"箫歌格"(参见本页注①)。"马人"指马身人头的肯陶洛斯(Kentauros)。此处所说的《马人》是一出悲剧或萨堤洛斯(satyros)剧(笑剧)。"混合体史诗"是伪作,因为《马人》是戏剧,不是史诗。"这种作品也没有共同的名称"是补充的。

⑤ "也应称为诗人"是伪作,与亚理斯多德的意思不合,参见本页注②。

有些艺术,例如酒神颂和日神颂①、悲剧和喜剧,兼用上述各种媒介,即节奏、歌曲和"韵文";差别在于前二者同时使用那些媒介,后二者则交替着使用②。

这就是各种艺术进行模仿时所使用的种差③。

---

① "酒神颂"和"日神颂"属于抒情诗(参见第1页注③),《诗学》中只提及这两种抒情诗,而没有专论抒情诗。此外,戏剧中的"合唱歌"也属于抒情诗。"酒神颂"分节,"日神颂"不分节。
② "歌曲"在此处用来代替"音调",参见第一章第三段。"歌曲"由歌词(即语言)、音调和节奏组成。"韵文"在此处用来代替"语言",指狭义的"韵文",参见第2页注③。"韵文"由言词(即语言)及节奏组成。歌曲与"韵文"已包含节奏,但节奏在此处又作为媒介之一。在戏剧中,"歌曲"用于合唱歌中,"韵文"用于对话中(主要用三双音步短长格,偶尔用四双音步长短格),故说"交替着使用"。
③ "种差"是使"种"呈现差别之物,此处指"媒介"。其他两种"种差"是"对象"与"方式"。

第 二 章

模仿者所模仿的对象既然是在行动中的人,而这种人又必然是好人或坏人,——只有这种人才具有品格①,〔一切人的品格都只有善与恶的差别〕——,因此他们所模仿的人物不是比一般人好,就是比一般人坏,〔或是跟一般人一样〕,恰像画家描绘的人物,波吕格诺托斯②笔下的肖像比一般人好,泡宋③笔下的肖像比一般人坏,〔狄俄倪西俄斯④笔下的肖像则恰如一般人〕,显然,上述各种模仿艺术也会有这种差别,因为模仿的对象不同而有差别。甚至在舞蹈、双管箫乐、竖琴乐里,以及在散文和不入乐的"韵文"里,也都有这种差别,〔例如荷马写的人物比一般人好⑤,克勒俄丰写的人物则恰如一般人⑥〕,首创戏拟诗的塔索斯人赫革

1448a

---

① 亚理斯多德认为人的品格从行动中表现出来,品格是由行动养成的,因此只有在行动中的人才具有品格。
② 波吕格诺托斯(Polygnotos)是公元前五世纪名画家,他以古代英雄人物为题材。
③ 喜剧家阿里斯托芬称泡宋(Pauson)为画讽刺画的漫画家。
④ 此处所指的狄俄倪西俄斯(Dionysios)大概不是波吕格诺托斯的同时代人与模仿者(他的画很可能也是以古代英雄人物为题材),而是公元前一世纪的人物画家。
⑤ 这句话举荷马为例,使人怀疑是伪作,因为亚理斯多德认为荷马还写过滑稽诗(参见第四章第二段),滑稽诗中的人物不会比一般人好。
⑥ 据说克勒俄丰(Kleophon)曾用英雄格(六音步长短短格)写日常生活。

蒙①和《得利阿斯》的作者尼科卡瑞斯②写的人物却比一般人坏。酒神颂和日神颂也有这种差别；诗人可以像提摩忒俄斯和菲罗克塞诺斯模仿圆目巨人那样模仿不同的人物③。悲剧和喜剧也有同样的差别：喜剧总是模仿比我们今天的人坏的人，悲剧总是模仿比我们今天的人好的人。

---

① 塔索斯(Thasos)是爱琴海北部的岛屿。赫革蒙(Hegemon)曾戏拟庄严的史诗。
② 《得利阿斯》(Deilias)意即"得罗斯故事"或"得利翁的故事"。得罗斯(Delos,旧译作提洛)是爱琴海上的一个小岛。得利翁(Delion)是玻俄提亚(Boiotia,旧译作比奥细亚)境内的一个城市,靠近雅典领土阿提刻(Attike)。尼科卡瑞斯(Nikokhares)已不可考(我们所知道的尼科卡瑞斯却是一位喜剧诗人)。
③ 提摩忒俄斯(Timotheos,前446—前357)。菲罗克塞诺斯(Philoxenos,前435—前380)是个酒神颂作家。提摩忒俄斯模仿的圆目巨人波吕斐摩斯(Polyphemos)比一般人好,菲罗克塞诺斯模仿的波吕斐摩斯比一般人坏。波吕斐摩斯曾把俄底修斯(Odysseus)和他的伙伴们关在他的石洞里,俄底修斯设法把波吕斐摩斯的眼睛弄瞎之后,才得逃了出来。"不同的人物"是补充的。

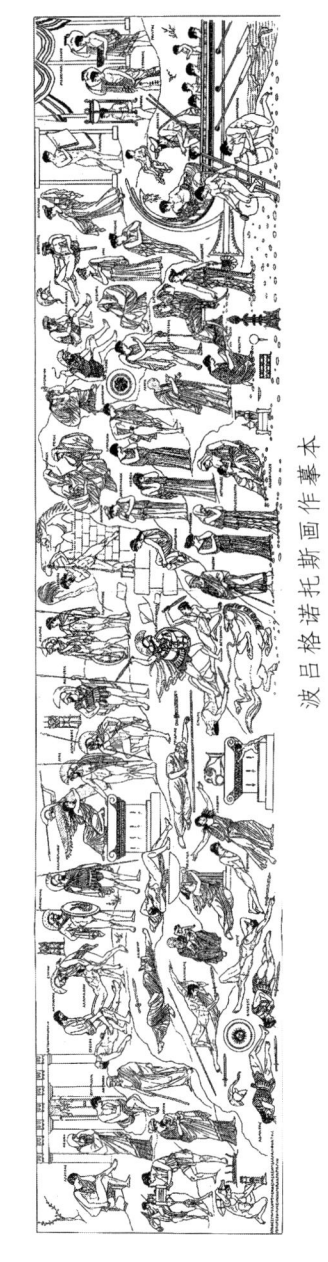

波吕格诺托斯画作摹本

第 三 章

　　这些艺术的第三点差别,是模仿这些对象时所采用的方式不同。假如用同样媒介模仿同样对象,既可以像荷马那样,时而用叙述手法,时而叫人物出场①,〔或化身为人物〕②,也可以始终不变,用自己的口吻来叙述,还可以使模仿者③用动作来模仿。

　　((正如开头时所说,模仿须采用这三种种差,即媒介、对象和方式④。因此,索福克勒斯在某一点上是和荷马同类的模仿者,因为都模仿好人⑤;而在另一点上却和阿里斯托芬属于同类,因为都借人物的动作来模仿⑥。有人说,这些作品所以称为 drama,就因为是借人物的动作来模仿⑦。多里斯人⑧凭这点自称首创悲剧和喜剧(希腊本部的墨加拉人自

---

① "叫人物出场"根据厄尔斯的补订译出。
② 括弧里的话疑是伪作,因为亚理斯多德认为诗人化身为所模仿的人物而说话,即等于用自己的身份说话,而用自己的身份说话,即不是模仿,参见第二十四章第四段。
③ "模仿者"指剧中人物,一说指演员。
④ 参见第一章末段及第 4 页注③。
⑤ "都模仿好人"一语不甚准确,参见第 5 页注⑤。
⑥ 含有"表演"的意思。
⑦ 希腊文 drama(即戏剧)一词源出 dran,含有"动作"的意思,所谓"动作",指演员的表演。
⑧ 多里斯(Doris)人是一支古希腊民族,于公元前十一世纪至前十世纪期间来到伯罗奔尼撒(Peloponnesos)。

称首创喜剧,说喜剧起源于墨加拉民主政体建立时代①,西西里的墨加拉人②也自称首创喜剧,〔因为诗人厄庇卡耳摩斯是他们那里的人,他的时代比喀俄尼得斯和马格涅斯早得多③〕;而伯罗奔尼撒的一些多里斯人④则自称首创悲剧),他们的证据是两个名词:他们说他们称郊区乡村为 komai(雅典人称为 demoi)⑤,而 komoidoi 之所以得名字,并不是由于 komazein⑥ 一词,而是由于他们不受尊重,被赶出城市而流浪于 komai,又说他们称"动作"为 dran⑦,而雅典人则称为 prattein⑧。))

1448b

关于模仿的种差、它们的种类和性质,就讲到这里为止。

---

① 墨加拉(Megara)在阿提刻西边。墨加拉人曾于公元前 600 年左右推翻僭主忒阿革涅斯(Theagenes),建立民主政体。
② 墨加拉人曾往西西里移民,建立许布莱亚(Hyblaia)城。
③ 厄庇卡耳摩斯(Epikharmos)是公元前六世纪喜剧诗人,据说他和福耳摩斯(Phormos)首先放弃讽刺剧而写世态喜剧。喀俄尼得斯(Khionides)和马格涅斯(Magnes)是公元前五世纪上半叶雅典喜剧诗人。
④ 伯罗奔尼撒是希腊南部的半岛。此处所说的多里斯人指西库俄尼亚(Sikyonia,旧译作息启温)人。
⑤ 括弧里的话是亚理斯多德的话,不是多里斯人的话。
⑥ 希腊文 komazein 是"狂欢"的意思。
⑦ 参见第 8 页注⑦。
⑧ 多里斯人自称首创喜剧,因为喜剧演员的名称 komoidoi 是由于喜剧演员曾流落于 komai(多里斯人这样称郊区乡村)而得到名字的;多里斯人自称首创戏剧(包括悲剧和喜剧),因为"戏剧"一词源出他们的方言中表示"动作"的 dran;如果戏剧是雅典人首创的,则"戏剧"一词应当是由雅典方言的 prattein(动作)引申出来的 pragma 一字,而不应当是 drama。

第 四 章

　　一般说来,诗的起源仿佛有两个原因①,都是出于人的天性。人从孩提的时候起就有模仿的本能(人和禽兽的分别之一,就在于人最善于模仿,他们最初的知识就是从模仿得来的),人对于模仿的作品总是感到快感。经验证明了这样一点:事物本身看上去尽管引起痛感,但惟妙惟肖的图像看上去却能引起我们的快感,例如尸首或最可鄙的动物形象。(其原因也是由于求知不仅对哲学家是最快乐的事,对一般人亦然,只是一般人求知的能力②比较薄弱罢了。我们看见那些图像所以感到快感,就因为我们一面在看,一面在求知,断定每一事物是某一事物,比方说,"这就是那个事物"。假如我们从来没有见过所模仿的对象,那么我们的快感就不是由于模仿的作品③,而是由于技巧或着色或类似的原因。)模仿出于我们的天性,而音调感和节奏感(至于"韵文"则显然是节奏的段落)④也是出于我们的天性,起初那些天生最富于这种资质的人,使它一步步发展,后来就由临时口占而作出了诗歌。

---

① 其中一个是"模仿的本能",另一个是"音调感"和"节奏感"。一说是指"模仿的本能"和对模仿的作品感到的"快感"。
② 或解作"感受这种快乐的能力"。
③ 指画中的形象。
④ 如果整首诗是用一种节奏写成的,则每行诗只是节奏的一个段落。关于"韵文"参见第 4 页注②。

诗由于固有的性质不同而分为两种①：比较严肃的人模仿高尚的行动，即高尚的人的行动，比较轻浮的人则模仿下劣的人的行动，他们最初写的是讽刺诗，正如前一种人最初写的是颂神诗和赞美诗；在这些诗里，出现了与它们相适合的"韵文"②（"讽刺格"一词现今所以被采用，就是因为人们曾用来彼此"讽刺"）；古代诗人有的写英雄格③的诗，有的写讽刺格的诗。荷马以前，讽刺诗人大概很多，我们却举不出讽刺诗来；但是从荷马起，就有这种诗了，例如荷马的《马耳癸忒斯》和同类的作品④。荷马从他的严肃的诗说来，是个真正的诗人，因为惟有他的模仿既尽善尽美，又有戏剧性，并且因为他最先勾勒出喜剧的形式，写出戏剧化的滑稽诗，不是讽刺诗；他的《马耳癸忒斯》跟我们的喜剧的关系⑤，有如《伊利亚特》和《奥德赛》跟我们的悲剧的关系。

---

① 诗分为两种，是由于它固有的性质不同，而性质不同，是由于所模仿的对象不同。或解作："由于诗人的个性不同，诗便分为两种。"
② 译文根据厄尔斯的改订译出。"这些诗"指讽刺诗、颂神诗和赞美诗。"韵文"抄本作"讽刺格"，指四双音步短长格。如保留"讽刺格"，则"这些诗"专指上文所说的"讽刺诗"。
③ 即六音步长短短格。
④ 此句（自"荷马以前"起）根据厄尔斯的改订，自上文"赞美诗"后移至此处。《马耳癸忒斯》（*Margites*）是一首滑稽诗，不是讽刺诗，描写一个名叫马耳癸忒斯的傻子，他甚至问他母亲他是母亲的儿子还是父亲的儿子（残诗第四段）。此诗采用"英雄格"，其中偶尔有"讽刺格"（四双音步短长格）诗行。此诗大概是公元前六世纪的戏拟诗，并非荷马所作，只存片段。
⑤ 模仿滑稽事物的喜剧（参见第五章第一段），不是指"旧喜剧"（例如阿里斯托芬的政治讽刺剧），更不是指"新喜剧"，因为亚理斯多德去世那一年，"新喜剧"的创始者米南德（Menandros）才开始参加戏剧比赛。亚理斯多德心目中的喜剧主要是早期的世态喜剧和"中期喜剧"（"中期喜剧"中也有世态喜剧）。亚理斯多德认为，严格地说，《马耳癸忒斯》并不是讽刺诗，而是滑稽诗，因此它开了喜剧的先河。

自从喜剧和悲剧①偶尔露头角,从事于这种诗或那种诗的写作的人们②,由于诗固有的性质不同③,有的由讽刺诗人变成喜剧诗人,有的由史诗诗人变成悲剧诗人,因为这两种体裁比其他两种④更高,也更受重视。

悲剧的形式,就悲剧形式本身和悲剧形式跟观众的关系来考察,是否已趋于完美,乃另一问题。⑤总之,悲剧是从临时口占发展出来的(悲剧如此,喜剧亦然,前者是从酒神颂的临时口占⑥发展出来的,后者是从低级表演⑦的临时口占发展出来的,这种表演至今仍在许多城市流行),后来逐渐发展,每出现一个新的成分,诗人们就加以促进;经过许多演变,悲剧才具有了它自身的性质⑧,此后就不再发展了。埃斯库罗斯首先把演员的数目由一个增至两个,并减削了合唱歌,使对话成为主要部分。〔索福克勒斯把演员

---

① 指荷马诗中的喜剧成分和悲剧成分。
② "这种诗"指喜剧,"那种诗"指悲剧。"人们"指忒斯庇斯(Thespis)等早期悲剧诗人,不是指埃斯库罗斯和索福克勒斯。
③ 或解作"由于诗人的个性不同"。
④ "这两种"指喜剧和悲剧,"其他两种"指讽刺诗和史诗。
⑤ 关于悲剧形式跟观众的关系,参见第二十六章。
⑥ 酒神颂是本章第二段中所说的"颂神诗"的一种。"临时口占"原文意思是"带头者",指酒神颂的"回答者",由酒神颂的作者扮演,他回答歌队长提出的问题。这个"回答者"实际上是一个演员。
⑦ 十一世纪抄本及十五世纪抄本均作"低级表演"(十世纪由叙利亚文译成的阿拉伯文译本也是这个意思),大概是一种滑稽表演,公元前六世纪初,墨加拉和西西里即有这种表演。只有一种十五世纪抄本作"法罗斯歌"(phallos,意即"崇拜阳物的歌"),阿里斯托芬的喜剧《阿卡奈人》(*Akharneis*)中有一支"法罗斯歌"(第261至279行)。
⑧ 下文即解释悲剧如何获得它的性质,即采用对话和适合口语的短长节奏。

增至三个,并采用画景①。悲剧并且具有了长度,它从萨堤洛斯剧发展出来,抛弃了简略的情节和滑稽的词句,经过很久才获得庄严的风格。]②悲剧抛弃了四双音步长短格而采取短长格③。他们起初是采用四双音步长短格,是因为那种诗体跟萨堤洛斯剧相似,并且和舞蹈更容易配合④;但加进了对话之后,悲剧的性质就发现了适当的格律;因为在各种格律里,短长格最合乎谈话的腔调,证据是我们互相谈话时就多半用短长格的调子;我们很少用六音步格⑤,除非抛弃了说话的腔调。至于场数的增加⑥和传说中提起的作为

---

① 此句疑是伪作,因为所谓第一个"演员"实际上是第二个演员,所谓第二个"演员",实际上是第三个演员,而原来的"回答者"则是第一个演员(参见第12页注⑥),并且因为公元前五世纪名画家阿伽塔耳科斯(Agatharkhos)曾为埃斯库罗斯绘制古希腊悲剧演出中的第一幅画景。

② "悲剧并且具有了长度"句中的"长度"或解作"宏伟性"。这句意思不明白,或解作:"悲剧抛弃了简略的故事而获得长度,并抛弃了滑稽的词句;由于悲剧是从萨堤洛斯剧发展出来的,所以经过许久,它才获得庄严的风格。"此段疑是伪作,特别因为亚理斯多德刚才说过,悲剧是从酒神颂发展出来的。亚历山大里亚的学者们曾否认悲剧是从萨堤洛斯剧发展出来的。萨堤洛斯意即"羊人",羊人年轻,是人形而具有羊耳和羊尾。此外还有塞勒诺斯(seilenos),意即"马人",马人年长,是人形而具有马耳和马尾(与通常所说的马身人头的马人肯陶洛斯有区别)。羊人和马人都是酒神狄俄倪索斯的伴侣。萨堤洛斯剧是一种笑剧,剧中的歌队由羊人或马人组成。最初的萨堤洛斯剧是"羊人剧";公元前五世纪雅典的萨堤洛斯剧则包括"马人剧"在内(当时的雅典剧作家把"羊人"和"马人"混在一起使用,因此"马人剧"也称为"萨堤洛斯剧")。

③ 指"三双音步短长格",即六音步短长格。

④ 最初的悲剧很生动活泼,跟萨堤洛斯剧相似,也只是相似而已。长短格节奏是舞蹈节奏,参见第二十四章第三段。

⑤ 指六音步长短短格,即史诗格。

⑥ "场"是两支合唱歌之间的部分。古希腊悲剧由两三场增加到五六场。

装饰的其他道具①,就算讨论过了②;因为一一细述就太费事了。

---

① 指面具、服装等。
② 《诗学》是讲稿,故有这类文体,显得不连贯。

第 五 章

（如前面①所说，喜剧是对于比较坏的人的模仿，然而，"坏"不是指一切恶而言，而是指丑而言，其中一种是滑稽。滑稽的事物是某种错误或丑陋，不致引起痛苦或伤害，现成的例子如滑稽面具，它又丑又怪，但不使人感到痛苦。）

悲剧的演变以及那些改革者，我们是知道的，但喜剧当初不受重视，没有人注意，〔执政官分配歌队给喜剧诗人，是很晚的事，前此喜剧诗人都是自愿参加的，〕②等到所谓"喜剧诗人"见于记载的时候，喜剧已经有了一定的形式了。谁介绍面具或"开场"，谁增加演员的数目以及谁做这类事，已经无法知道。喜剧有布局是从西西里开始的〔由厄庇卡耳摩斯与福耳弥斯③首创〕；雅典诗人中克剌忒斯④首先放弃讽刺形式，而编写具有普遍性的情节，亦即布局⑤。

史诗和悲剧相同的地方，只在于史诗也用"韵文"来模

---

① 指第二章。
② 雅典执政官于报名参加戏剧竞赛的诗人中挑选三名，给他们每人一个歌队。喜剧竞赛大概是公元前487年才开始的。括弧里的话疑是伪作，因为喜剧得到政府承认之后，喜剧诗人参加戏剧比赛，仍然是自愿的事。
③ "福耳弥斯"（Phormis）系"福耳摩斯"（Phormos）之误，福耳摩斯是旧喜剧诗人，死于公元前478年。
④ 克剌忒斯（Krates）是公元前五世纪中叶旧喜剧诗人。
⑤ 意即写出一个具有普遍性的大纲，其中没有细节和人物的名字。

仿严肃的行动,规模也大;①不同的地方,在于史诗纯粹用"韵文"②,而且是用叙述体;就长短而论,悲剧力图以太阳的一周为限,或者不起什么变化,史诗则不受时间的限制;这也是两者的差别,虽然悲剧原来也和史诗一样不受时间的限制③。

---

① 译文根据厄尔斯的改订译出。"规模也大"指史诗和悲剧都很长。牛津本作:"用大的韵文来模仿重大事件",但韵文无大小之分。或解作"用雄壮的韵文",但悲剧的韵文并不雄壮。
② 悲剧用"韵文"(三双音步短长格),史诗也用"韵文"(六音步长短短格),区别在于悲剧还用歌曲,而史诗则只用"韵文",不用歌曲,参见第二十四章第三段。
③ 史诗和悲剧规模都大,但长短不同,"悲剧力图以太阳的一周为限"一语,原文直译是"悲剧力图存留于太阳的一周之内",意即在太阳的一周之内演出之意。"太阳的一周"指白天,白天的时间长短不一,从九小时到十五小时。古雅典悲剧于一二月之间及三四月之间上演(限于白天),每个悲剧诗人上演三出悲剧和一出萨堤洛斯剧,占一天时间,但只有六至七八小时,这一段时间决定悲剧的长度,三出悲剧和一出萨堤洛斯剧共五六千行(每出悲剧平均约1400行)。参见第七章末段。"或者不起什么变化",是对史诗的长度而言。《伊利亚特》长达15693行,《奥德赛》也有12105行。史诗在一个白天朗诵不完,第二天可以继续朗诵。悲剧原来也很长,到后来才"力图以太阳的一周为限"。亚理斯多德在第七章末段对"不起什么变化"一语有所解释,他认为悲剧的本质规定它应有一定的长度,不起什么变化。但是绝大多数学者,包括意大利学者琴提奥(Cinthio)在内,都把这句话的意思解作:"就长度而论,悲剧力图以太阳的一周为限,或者超过一点。"他们认为"长度"是指剧中时间的长短,指十二小时或二十四小时。琴提奥约于1545年根据这句话制定了"三整一律"(一译《三一律》)中的"时间整一律"(即剧中时间应以一昼夜,甚至十二小时为限)。其实剧中的时间是难以钟点计算的。"或者超过一点"一语没有什么意义。至于说史诗中的时间不受限制,也不合《荷马史诗》的情况,《伊利亚特》中的情节约占五十天,《奥德赛》中的情节占四十一天,但两诗中的大部分时间是"虚"的,其中没有重大事件发生;《伊利亚特》只写四天的战斗,《奥德赛》也只写几天的活动。所以不能说史诗中的时间不受限制。

至于成分,有些是两者所同具,有些是悲剧所独有①。因此能辨别悲剧的好坏的人,也能辨别史诗的好坏;因为史诗的成分,悲剧都具备,而悲剧的成分,则不是都在史诗里找得到的。

---

① "成分"见第六章第三至四段。两者所同具的成分指情节、"性格"、言词和"思想",悲剧所独有的成分指"形象"和歌曲。

俄底修斯和塞壬

第 六 章

用六音步格来模仿的诗和喜剧,以后再谈①。现在讨论悲剧,先根据前面所述,给它的性质下个定义。

悲剧是对于一个严肃、完整、有一定长度的行动的模仿;它的媒介是语言,具有各种悦耳之音,分别在剧的各部分使用②;模仿方式是借人物的动作来表达③,而不是采用叙述法;借引起怜悯与恐惧④来使这种情感得到陶冶⑤。((所谓"具有悦耳之音的语言",指具有节奏和音调(亦即歌曲)⑥的语言;所谓"分别使用各种",指某些部分单用

---

① "用六音步格来模仿的诗"指史诗。亚理斯多德在第二十三至二十四章讨论史诗。至于《诗学》论喜剧的部分则已失传。
② 参见第一章第四段末句。
③ 含有"表演"的意思。
④ "恐惧"指观众害怕自己遭受英雄人物所遭受的厄运而发生的恐惧。或解作"为英雄人物担心害怕"。
⑤ "陶冶"原文作katharsis,作宗教术语,意思是"净洗"(参见第十七章第二段中"净罪礼"一语),作医学术语,意思是"宣泄"或"求平衡"。亚理斯多德认为人应有怜悯与恐惧之情,但不可太强或太弱。他并且认为情感是由习惯养成的。怜悯与恐惧之情太强的人于看悲剧演出的时候,只发生适当强度的情感;怜悯与恐惧之情太弱的人于看悲剧演出的时候,也能发生适当强度的情感。这两种人多看悲剧演出,可以养成一种新的习惯,在这个习惯里形成适当强度的情感。这就是悲剧的katharsis作用。一般学者把这句话解作"使这种情感得以宣泄",也有一些学者把这句话解作"使这种情感得以净化"。参见《卡塔西斯笺释》一文(见《剧本》,1961年11月号)。
⑥ 括弧里的四个字是亚理斯多德的原话。亚理斯多德曾在第一章第四段用"歌曲"代替"音调",参见第4页注②。

"韵文",某些部分则用歌曲①。))

悲剧中的人物既借动作来模仿,那么"形象"的装饰②必然是悲剧艺术的成分之一,此外,歌曲和言词也必然是它的成分,此二者是模仿的媒介。言词指"韵文"的组合③,至于歌曲的意思则是很明显的。

悲剧是行动的模仿,而行动是由某些人物④来表达的,这些人物必然在"性格"和"思想"两方面都具有某些特点,(这决定他们的行动的性质〔"性格"和"思想"是行动的造因〕⑤,所有的人物的成败取决于他们的行动⑥);情节是行动的模仿(所谓"情节"⑦,指事件的安排),"性格"是人物的品质的决定因素,"思想"指证明论点或讲述真理的话,⑧因此整个悲剧艺术的成分必然是六个⑨——因为悲剧艺术是一种特别艺术⑩——(即情节、"性格"、言词、"思想"、"形象"与歌曲),其中之二是模仿的媒介,其中之一是

1450a

---

① "韵文"用于对话中,"歌曲"用于合唱歌中。
② 指面具和服装。
③ 指对话。
④ 原文意思是"行动者"。
⑤ "'性格'和'思想'是行动的造因"一语,是上一句话的释义,疑是伪作。
⑥ "性格"和"思想"使人物具有某种道德品质,道德品质决定人物的行动,行动决定人物的事业的成败。
⑦ 在《诗学》中,"情节"指主要情节,有时候可译为"布局"。
⑧ 亚理斯多德曾在上文说明,人物的道德品质是由"性格"和"思想"决定的,他在此处却认为人物的道德品质只是由"性格"决定的。他并且在此处把"思想"界定为"话",其实是指一种思考力、一种使人说出某种话的能力,参见本章第十段。
⑨ "整个悲剧艺术"牛津本作"每出悲剧"。亚理斯多德曾在本章第六段提起没有"性格"的悲剧,可见并不是每出悲剧都必须具有这六个成分。
⑩ 或解作"悲剧的好坏即取决于此六者"。

模仿的方式,其余三者是模仿的对象①,悲剧艺术的成分尽在于此。剧中人物②〔一般来说,不止少数〕都使用此六者;整个悲剧艺术③包含"形象"、"性格"、情节、言词、歌曲与"思想"。

六个成分里,最重要的是情节,即事件的安排;因为悲剧所模仿的不是人,而是人的行动、生活、幸福,〔〈幸福〉与不幸系于行动〕④;悲剧的目的不在于模仿人的品质,而在于模仿某个行动;剧中人物的品质是由他们的"性格"决定的,而他们的幸福与不幸,则取决于他们的行动。他们不是为了表现"性格"而行动,而是在行动的时候附带表现"性格"。因此悲剧艺术的目的在于组织情节(亦即布局),在一切事物中,目的是至关重要的。

悲剧中没有行动,则不成为悲剧,但没有"性格",仍然不失为悲剧。大多数现代诗人⑤的悲剧中都没有"性格",一般说来,许多诗人⑥的作品中也都没有"性格",就像宙克西斯的绘画⑦跟波吕格诺托斯的绘画的关系一样,波吕格诺托斯善于刻画"性格",宙克西斯的绘画则没有"性格"。

(再说,如果有人能把一些表现"性格"的话以及巧妙的言词和"思想"连串起来,他的作品还不能产生悲剧的效果;

---

① "其中之二"指言词和歌曲,"其中之一"指"形象","其余三者"指情节、"性格"和"思想"。
② 原文是"他们",或解作"诗人们"。
③ "整个悲剧艺术"或解作"每出悲剧",参见第20页注⑨。
④ 括弧里的话是上文"幸福"一词的释义,这句话谈现实生活,不是谈论剧中人物的遭遇。或将上句及此句改为:"而是人的行动、生活、幸福〔与不幸,〈幸福〉与不幸系于行动〕"。
⑤ 指欧里庇得斯以后的诗人(包括欧里庇得斯)。
⑥ 指一般诗人,不专指悲剧诗人。
⑦ 宙克西斯(Zeuxis,前424—前380)画的是理想人物。

一出悲剧,尽管不善于使用这些成分,只要有布局,即情节有安排,一定更能产生悲剧的效果。就像绘画里的情形一样:用最鲜艳的颜色随便涂抹而成的画,反不如在白色底子上勾出来的素描肖像那样可爱。① 此外,悲剧所以能使人惊心动魄,主要靠"突转"②与"发现",此二者是情节的成分。)

1450b

此点还可以这样证明,即初学写诗的人总是在学会安排情节之前,就学会了写言词与刻画"性格",早期诗人也几乎全都如此。

因此,情节乃悲剧的基础,有似悲剧的灵魂③。"性格"则占第二位。④ 悲剧是行动的模仿,主要是为了模仿行动,才去模仿在行动中的人。

"思想"占第三位。"思想"是使人物说出当时当地所可说、所宜说的话的能力,[在对话中]这种活动属于伦理学或修辞学范围;旧日的诗人使他们的人物的话表现道德品质,现代的诗人却使他们的人物的话表现修辞才能。⑤

---

① 这句(自"就像"起)自本章第九段中的"'性格'则占第二位"后面移至此处。"白色底子"指装用来润皮肤的橄榄油的土瓶的白色底子,其上绘着人物。"在白色底子上"或解作"用粉笔在黑色底子上"。
② 指意外的转变。悲剧中的主人公的处境不是由顺境转入逆境,就是由逆境转入顺境;有一些转变是逐渐形成的,有一些转变是突然发生的,参见第十一章第一段。或解作"事与愿违"的转变,即动机与效果相反。
③ 在亚理斯多德的生物学中,"灵魂"是人的架子。亚理斯多德认为"情节"是悲剧的架子。
④ 以上一段多(自"此外,悲剧所以能使人惊心动魄"起)是从"更能产生悲剧的效果"(即1450a的末句)后面移至此处的。
⑤ 原文直译是:"这是政治学或修辞学范围内的事;旧日的诗人使他们的人物用政治方式讲话,现代的诗人使他们的人物用修辞方式讲话。"一般学者认为亚理斯多德指旧日的诗人(例如埃斯库罗斯和索福克勒斯)的悲剧中的人物属于上层贵族,他们说话有政治家风度,而现代的诗人(指欧里庇得斯及公元前四世纪的悲〔转下页〕

"性格"指显示人物的抉择的话,〔在某些场合,人物的去取不显著时,他们有所去取〕;一段话如果一点不表示说话的人的去取,则其中没有"性格"。"思想"指证明某事是真是假,或讲述普遍真理的话。

语言的表达占第四位(我所指的仍是前面所说的那个意思,即所谓"表达",指通过词句以表达意思,不管我说"通过'韵文'"或"通过语言",这句话的意思都是一样的)。①在其余成分中,歌曲〔占第五位〕最为悦耳②。"形象"固然能吸引人,却最缺乏艺术性,跟诗的艺术关系最浅;因为悲剧艺术的效力即使不依靠比赛或演员,也能产生;况且"形象"的装扮多依靠服装面具制造者的艺术,而不大依靠诗人的艺术。

〔接上页〕剧诗人)的悲剧中的人物却像演说家那样讲话,尽巧辩之能事。这种解释与上下文的意思不衔接。亚理斯多德所说的政治学包含伦理学,而且主要是伦理学,此处指的应是伦理学;亚理斯多德所说的政治,主要指社会道德(参见第90页注⑤);道德品质取决于人的"性格"和行动。此处所说的"思想"与"性格"有关,故说属于"伦理学范围"。"思想"属于修辞学范围,参见第十九章第一段。剧中人物可以按照人物自己的"性格",说出当时当地所可说、所宜说的话,也可按照修辞学原则(即雄辩原则),说出当时当地所可说,所宜说的话,尽巧辩之能事。所谓"用政治方式"即用表现道德品质,表现"性格"的方式之意;当然,雄辩家也注意表现自己的"性格",顾及观众的"性格",但是,对他们来说,这不是主要的事。旧日的诗人的悲剧中都有"性格",大多数现代的诗人的悲剧中,则没有"性格"(参见本章第六段),只有"思想"。此段谈"思想",但涉及"性格",亚理斯多德害怕众门徒把"思想"混作"性格",因此在下文说明它们的区别。

① 亚理斯多德曾在本章第三段说,"言词指'韵文'的组合",这时候他改用"语言的表达"一语,此语和前面的话似不相同,因此他随即加以解释,说意思没有变。"语言的表达占第四位"一语根据抄本译出,牛津本改订为:"在有关语言的成分中,言词占第四位。"此处的最后一句(自"不管"起),一般误解为:"用韵文或散文来传达,是一样的。"

② 实际上是说比言词更为悦耳,参见本章第二段。

第七章

各成分既已界定清楚,现在讨论事件应如何安排,因为这是悲剧艺术中的第一事,而且是最重要的事。

按照我们的定义,悲剧是对于一个完整而具有一定长度的行动的模仿(一个事件可能完整而缺乏长度)。所谓"完整",指事之有头,有身,有尾。所谓"头",指事之不必然上承他事,但自然引起他事发生者;所谓"尾",恰与此相反,指事之按照必然律或常规自然的上承某事者,但无他事继其后;所谓"身",指事之承前启后者。所以结构完美的布局不能随便起讫,而必须遵照此处所说的方式。

再则,一个美的事物——一个活东西或一个由某些部分组成之物①——不但它的各部分应有一定的安排,而且它的体积也应有一定的大小;因为美要依靠体积与安排②,一个非常小的活东西不能美,因为我们的观察处于不可感知的时间内,以致模糊不清③;一个非常大的活东西,例如

---

① 包括自然界的创造物和人工制成品。
② 此段以有机体比喻艺术结构。柏拉图也曾以"有生命的东西"比喻文章的结构,参见《柏拉图文艺对话集》(朱光潜译),人民文学出版社1959年版(以后注中提到此书,都指这一版,不另注明)第139页。此段中的"活东西"或解作"画像"。
③ 在亚理斯多德的视觉理论中,物件的大小与观察的时间成正比例。一个太小的东西不耐久看,转瞬之间,来不及观察,看不清它的各部分的安排和比例。

一个一万里①长的活东西,也不能美,因为不能一览而尽,看不出它的整一性;因此,情节也须有长度(以易于记忆者为限),正如身体,亦即活东西,②须有长度(以易于观察者为限)一样。(长度的限制一方面是由比赛与观剧的时间而决定的③〔与艺术无关〕④——如果须比赛一百出悲剧,则每出悲剧比赛的时间应以漏壶来限制⑤,据说从前曾有这种事——另一方面是由戏剧的性质而决定的。)〔限度〕⑥就长度而论,情节只要有条不紊,则越长越美;一般地说,长度的限制只要能容许事件相继出现,按照可然律或必然律能由逆境转入顺境⑦,或由顺境转入逆境,就算适当了。

1451a

---

① 一希腊里约合180米。
② 译文根据抄本译出。牛津本改订为"正如那些由若干部分组成之物和活东西"。
③ 参加悲剧比赛的人数有限制(限制三人参加);时间的限制(每人上演一天)影响剧的长度,参见第五章第三段及第16页注③。
④ "与艺术无关"一语疑是后人的批语,指明"比赛与观剧的时间"对长度的限制是外因,与艺术无关。
⑤ 如果每次比赛有二十五个悲剧诗人参加(每人上演三出悲剧和一出萨堤洛斯剧),则每人不能占一天(每个戏剧节只演三天戏),而应以漏壶来限制每人应占的时间。
⑥ "限度"一词是后人的批语,指下句所讲的是长度的限制。
⑦ 有些古希腊悲剧(例如欧里庇得斯的《伊菲革涅亚在陶洛人里》(*Iphigeneia he en Taurois*)中的主人公的处境由逆境转入顺境。古希腊人对悲剧的概念着意在"严肃",不着意在"悲"。

第 八 章

有人认为只要主人公是一个,情节就有整一性,其实不然;因为有许多事件——数不清的事件发生在一个人身上,其中一些是不能并成一桩事件的;同样,一个人有许多行动,这些行动是不能并成一个行动的。那些写《赫剌克勒斯》①《忒修斯》②以及这类诗的诗人好像都犯了错误;他们认为赫剌克勒斯是同一个人,情节就有整一性。惟有荷马在这方面及其他方面最为高明,他好像很懂得这个道理,不管是由于他的技艺或是本能。他写一首《奥德赛》③时,并没有把俄底修斯的每一件经历,例如他在帕耳那索斯山上受伤,在远征军动员时装疯④(这两桩事的发生彼此间没有必然的或可然的联系),都写进去,而是环绕着一个像我们所说的这种有整一性的行动⑤构成他的《奥德赛》,他并且这样构成他的《伊利亚特》。⑥

---

① 《赫剌克勒斯》(*Herakleis*)是一首描写希腊英雄赫剌克勒斯(Herakles)的史诗。
② 《忒修斯》(*Theseis*)是一首描写雅典英雄忒修斯(Theseus)的史诗。
③ 泛指一首写希腊英雄俄底修斯的故事的史诗,这种史诗可命名为《奥德赛》。
④ 俄底修斯在帕耳那索斯(Parnassos)山上打猎时,被野猪用牙齿刺伤。荷马的《奥德赛》曾写俄底修斯被野猪刺伤,见第19卷第392至466行,但荷马只是把这个故事作为一个"穿插",并没有把它放在主要情节里;"穿插"不在主要情节之内。
⑤ 指俄底修斯回家这一行动。
⑥ 意即环绕着阿喀琉斯的愤怒而构成他的《伊利亚特》。

在诗里①,正如在别的模仿艺术里一样,一件作品只模仿一个对象;情节既然是行动的模仿,它所模仿的就只限于一个完整的行动,里面的事件要有紧密的组织,任何部分一经挪动或删削,就会使整体松动脱节。要是某一部分可有可无,并不引起显著的差异,那就不是整体中的有机部分。

---

① "在诗里"是补充的。

第 九 章

　　根据前面所述①,显而易见,诗人的职责不在于描述已发生的事,而在于描述可能发生的事,即按照可然律或必然律可能发生的事。历史家与诗人的差别不在于一用散文,一用"韵文";希罗多德的著作可以改写为"韵文",但仍是一种历史,有没有韵律都是一样;两者的差别在于一叙述已发生的事,一描述可能发生的事。因此,写诗这种活动比写历史更富于哲学意味,更被严肃地对待②;因为诗所描述的事带有普遍性,历史则叙述个别的事。所谓"有普遍性的事",指某一种人,按照可然律或必然律,会说的话,会行的事,诗要首先追求这目的,然后才给人物起名字③;至于"个别的事"则是指亚尔西巴德④所做的事或所遭遇的事。在喜剧⑤,这一点已经是很明显的了,喜剧诗人先按照可然律

---

① "前面"指第七、八两章,亚理斯多德曾在该两章强调可然律和必然律以及情节的有机联系,并且暗示《赫剌克勒斯》和《忒修斯》(见第八章第一段)是历史(古希腊人认为古代英雄传说是他们的祖先的历史),不是诗。
② 或解作"诗比历史更富于哲学意味、更高",所谓"更高",指更有价值,地位更高。
③ 诗要先按照可然律或必然律布置情节(亦即"有普遍性的事"),然后才给人物起名字,参见第十七章第二段。
④ 亚尔西巴德(Alkibiades,前450?—前404)是雅典政治家和军事家。
⑤ 参见第11页注⑤。

组织情节,然后给人物任意起些名字,而不是像写讽刺剧①的诗人那样,写个别的人。在悲剧中,诗人们却坚持采用历史人名,理由是:可能的事是可信的;未曾发生的事,我们还难以相信是可能的,但已发生的事,我们却相信显然是可能的;因为不可能的事不会发生②。但有些悲剧却只有一两个是熟悉的人物③,其余都是虚构的;有些悲剧甚至没有一个熟悉的人物,例如阿伽同的《安透斯》④,其中的事件与人物都是虚构的,可是仍然使人喜爱。因此不必专采用那些作为悲剧题材的传统故事。那样做是可笑的;因为甚至那些所谓熟悉的人名,也仅为少数人熟悉⑤,尽管如此,仍然为大家喜爱。

根据前面所述⑥,显而易见,与其说诗的创作者是"韵文"的创作者,毋宁说是情节的创作者;因为他所以成为诗

---

① 或解作"讽刺诗"。
② 人们相信英雄传说是历史,是真事,这些事是可能发生的。诗人们采用传说中的,即历史上的人名,是为了使观众相信这些可能的事是真的。可能的事是可信的,这个大前提是正确的。但是如果说所有已发生的事显然是可能的,这个小前提却是错误的;亚理斯多德在下一段说,没有什么东西能阻挠,不让某些已发生的事合乎可然律,成为可能的事,言外之意是说有些已发生的事不合乎可然律,是不可能的事。因此如果说不可能的事不会发生,这个说法是错误的。亚理斯多德在此处指出一般人的错误的逻辑。
③ 指传说中的英雄人物。
④ 阿伽同(Agathon)约死于公元前400年。安透斯(Antheus)大概是英雄传说中的人物,这名字被阿伽同借用来作为他剧中的虚构的人物的名字。一说剧名应是《安托斯》(Anthos),即"花"的意思。
⑤ 古雅典人所以熟知传说中的人物,主要是由于多看悲剧。但是到了公元前四世纪下半叶,一般人逐渐对演说发生兴趣,不大喜欢看悲剧了,因此对传说中的人物不大熟悉,只有少数老观众还熟知那些人物的名字。
⑥ 不仅指上一段所述,而且兼指关于诗描述有普遍性的事的整个论证。

的创作者,是因为他能模仿,而他所模仿的就是行动①。即使他写已发生的事,仍不失为诗的创作者;因为没有东西能阻挠,不让某些已发生的事合乎可然律,成为可能的事;既然相合,他就是诗的创作者②。

在简单的情节与行动中,以"穿插式"为最劣。所谓"穿插式的情节",指各穿插的承接见不出可然的或必然的联系③。拙劣的诗人写这样的戏,是由于他们自己的错误;优秀的诗人写这样的戏,则是为了演员的缘故,为他们写竞赛的戏,把情节拉得过长,超过了布局的负担能力,以致各部分的联系必然被扭断。④

1452a

悲剧所模仿的行动,不但要完整,而且要能引起恐惧与怜悯之情。如果一桩桩事件是意外地发生而彼此间又有因果关系,那就最能,[更能]产生这样的效果;这样的事件比自然发生,即偶然发生的事件⑤,更为惊人(甚至偶然发生的事件,如果似有用意,似乎也非常惊人,例如阿耳戈斯城

---

① "诗的创作者"原文作"创作者",即"诗人"之意。此段中的"诗的创作者"均系此意。"情节是行动的模仿"(参见第八章第二段),一个人能模仿行动,就是能创造情节,因此他成为"诗的创作者"。

② 某些已发生的事(即史事)既然合乎可然律,则根据这些事构成的情节也就合乎可然律;一个人所创造的情节合乎可然律,那么他就是"诗的创作者"。

③ "穿插式"的情节可举埃斯库罗斯的悲剧《被缚的普罗米修斯》(*Prometheus Desmotes*)的情节为例,河神的访问与伊俄(Io)的出现没有联系,伊俄的出现与神使的前来没有联系。普罗米修斯的故事过于简单,诗人没有别的办法把这故事化为戏剧。

④ 演员想多演戏,因此诗人把情节拉长。在"穿插式"的情节中,穿插过多过长,而且不衔接。第七至八章说明情节应如何组织才合乎戏剧的要求,此段指出"穿插式"的情节违反情节的组织原则。

⑤ 指意外地发生而没有因果关系的事件。

的弥堤斯①雕像倒下来砸死了那个看节庆的、杀他的凶手；人们认为这样的事件并不是没有用意的），这样的情节比较好。②

---

① 阿耳戈斯（Argos，旧译作亚各斯）在伯罗奔尼撒东北角上。弥堤斯（Mitys）大概是公元前四世纪初叶的人。
② 此段论恐惧与怜悯，应属于下一章。第十至十一章、第十三至十四章均论恐惧与怜悯。

第 十 章

情节有简单的,有复杂的;因为情节所模仿的行动显然有简单与复杂之分。所谓"简单的行动",指按照我们所规定的限度①连续进行,整一不变,不通过"突转"与"发现"而到达结局②的行动;所谓③"复杂的行动",指通过"发现"或"突转",或通过此二者而到达结局的行动。但"发现"与"突转"必须由情节的结构中产生出来,成为前事的必然的或可然的结果。两桩事是此先彼后,还是互为因果,这是大有区别的。

---

① 指第七章尾上所规定的长度。或解作"按照我们的定义"。
② 指由逆境转入顺境或由顺境转入逆境的结局。
③ "所谓"一词抄本误作"言词",牛津本校订者拜瓦忒建议改订为"所谓"。

第十一章

"突转"指行动按照我们所说的原则转向相反的方面，这种"突转"，并且如我们所说，是按照我们刚才说的方式，即按照可然律或必然律而发生的，例如在《俄狄浦斯王》剧中，那前来的报信人在他道破俄狄浦斯的身世，以安慰俄狄浦斯，解除他害怕娶母为妻的恐惧心理的时候，造成相反的结果；① 又如在《林叩斯》剧中，林叩斯被人带去处死，达那俄

---

① 在简单的情节中，由顺境到逆境或由逆境到顺境的转变是逐渐进行的，观众很早就感觉到这种转变，例如埃斯库罗斯的悲剧《阿伽门农》(Agamemnon) 中阿伽门农的命运的转变。"突转"是转变的一种。在复杂的情节中，主人公一直处在顺境或逆境中，但是到了某一"场"里，情势突然转变。"按照我们所说的原则"，不是指第七章尾上所说的"长度的限制"，也不是指第十章尾上所说的"突转"须"成为前事的必然的或可然的结果"，而是指第九章末段中的原则，即事件须意外地发生而彼此间又有因果关系。亚理斯多德害怕众门徒忽视因果关系，因此再次强调地说"按照我们刚才说的方式"，指上一章所说方式，即这种"突转"须合乎可然律或必然律。《俄狄浦斯王》(Oidipous Tyrannos) 是索福克勒斯的悲剧。俄狄浦斯是忒拜 (Thebai) 国王拉伊俄斯 (Laios) 的儿子。拉伊俄斯预知这孩子日后会杀父娶母，因此叫一个牧人把他抛弃在荒山上。这婴儿由另一个牧人（即剧中的报信人）接过去，转送给科任托斯 (Korinthos, 旧译作科林斯) 国王波吕玻斯 (Polybos) 作嗣子。俄狄浦斯成人后，听神说他会杀父娶母，他因此逃往忒拜，在路上杀死一个老年人（即拉伊俄斯）。他到了忒拜之后，做了忒拜国王，并娶了前王的妻子伊俄卡斯忒 (Iokaste) 为妻。他后来疑心拉伊俄斯是他杀死的。这时候报信人前来报告波吕玻斯的死耗，并迎接俄狄浦斯回国为王。但俄狄浦斯害怕娶波吕玻斯的妻子为（转下页）

斯跟在他后面去执行死刑,但后者被杀,前者反而得救①——这都是前事的结果;"发现",如字义所表示,指从不知到知的转变,使那些处于顺境或逆境的人物发现他们和对方有亲属关系或仇敌关系。"发现"如与"突转"同时出现〔例如《俄狄浦斯王》剧中的"发现"〕,为最好的"发现"。②此外还有他种"发现",例如无生物,甚至琐碎东西,可被"发现"③,某人做过或没有做过某事,也可被"发现"。但与情节,亦即行动,最密切相关的"发现",是前面所说的那一种,因为那种"发现"与"突转"同时出现的时候,能引起怜悯或恐惧之情,按照我们的定义,悲剧所模仿的正是能产生这种效果的行动,而人物的幸福与不幸也是由于这种行动。

1452b

"发现"乃人物的被"发现",有时只是一个人物被另一

(接上页)妻,不敢回去。报信人为了安慰俄狄浦斯,指出他并不是波吕玻斯的儿子,而是拉伊俄斯的牧人把他由拉伊俄斯的妻子伊俄卡斯忒手中接过来转送给他的。报信人这番安慰的话是"突转"的开始,这"突转"出人意外。

① 《林叩斯》(Lynkeus)是亚理斯多德的门弟子忒俄得克得斯(Theo-dektes)的悲剧,已失传。达那俄斯(Danaos)有五十个女儿,他的弟兄埃古普托斯(Aigyptos)有五十个儿子。这五十个堂弟要强娶五十个堂姐妹,达那俄斯因此叫他的女儿们于婚夕尽杀新郎,其中只有林叩斯一人未被杀害。《林叩斯》的剧情大概是这样的:达那俄斯把林叩斯和林叩斯的妻子许珀耳涅斯特拉(Hypermnestra)的儿子阿巴斯(Abas)藏起来,然后控告林叩斯杀死了阿巴斯,但阿巴斯露面,救了他父亲。该剧的"突转"是由逆境转入顺境。

② 剧中人物于发现自己和对方有亲属关系而停止杀他,则"发现"与"突转"巧合。括弧里的话疑是伪作,因为在《俄狄浦斯王》剧中,"发现"(忒拜牧人承认婴儿俄狄浦斯是王后伊俄卡斯忒交给他的,这时候俄狄浦斯才发现他杀父娶母)远落在"突转"之后,该剧的"突转"是从报信人(科任托斯牧人)安慰俄狄浦斯的话开始的,参见第33页注①。

③ "琐碎东西"大概指第十六章第二段所说的项圈等物。"被'发现'"即被认识之意。

个人物"发现",如果前者已识破后者;有时双方须互相"发现",例如送信一事使俄瑞斯忒斯"发现"伊菲革涅亚是他姐姐,而俄瑞斯忒斯之被伊菲革涅亚认识,则须靠另一个"发现"①。

"突转"与"发现"是情节的两个成分,它的第三个成分是苦难②。〔这些成分之中的"突转"和"发现",我们已解释过了。〕苦难是毁灭或痛苦的行动③,例如死亡、剧烈的痛苦、伤害和这类的事件,这些都是有形的④。

---

① 此处所说的伊菲革涅亚是欧里庇得斯的悲剧《伊菲革涅亚在陶洛人里》的女主人公,她在黑海北边陶里刻(Taurike)地方做女祭司。陶里刻国王擒住两个希腊人,把他们交给伊菲革涅亚杀来祭神。伊菲革涅亚决定只杀其中一个——俄瑞斯忒斯(Orestes),叫另一个给她送一封信到希腊,通知她弟弟俄瑞斯忒斯前来接她回去。她害怕送信的人把信遗失,特别把信念给他听,俄瑞斯忒斯因此发现女祭司是他姐姐。俄瑞斯忒斯后来说起许多物证,例如伊菲革涅亚织在布上的图样、她献在他母亲坟上的头发、放在伊菲革涅亚闺房里的古矛,使伊菲革涅亚承认他是她弟弟。
② 简单的情节中也有"苦难",它是情感的基础。
③ "苦难"是被动的,指人们遭受的苦难,但亚理斯多德把它作为"行动"。
④ "突转"与"发现"是无形的,"苦难"是有形的。或解作"可见的",意即在剧场上表演的,但古希腊悲剧很少表演苦难,一般是由报信人或传报人(报告室内或附近发生的事件的人)传达的。

第十二章

悲剧艺术应使用的各个成分,早已讲过了①。〔悲剧的篇幅,即所分的段落如下:悲剧分"开场"、"场"、"退场"与合唱部分,此部分又分"进场歌"与"合唱歌",此二者为一切悲剧所共有;至于"孔摩斯歌"和舞台上的抒情歌则为某些悲剧所特有。② "开场"是悲剧的位于歌队进场前的整个部分,"场"是悲剧的位于两支完整的歌③之间的整个部分,"退场"是悲剧的位于最后一支歌之后的整个部分。在合唱部分中,"进场歌"是歌队第一次唱的整段话④,"合唱歌"是歌队唱的歌,其中没有短短长格或长短格节奏⑤,"孔

---

① 在第六章第三、四两段讲过了。此句紧接第十三章,因为此章其余部分是穿插(这个穿插打断了第十一章与十三章的联系,疑是伪作)。
② "孔摩斯歌"(kommos)和抒情歌是放在"场"或"退场"里的。抒情歌由一个演员独唱或由两三个演员轮唱。公元前五世纪和四世纪上半叶没有舞台,演员和歌队都在圆场上表演。到了亚理斯多德的时代才有舞台。
③ 包括"进场歌"。
④ "话"字原文作 lexis,这个词在《诗学》中指"言词",即对话。这个词在此处用得不恰当,这是伪作的证据之一。
⑤ 现存的古希腊悲剧的合唱歌中却有短短长格节奏((例如欧里庇得斯的悲剧《美狄亚》(*Medeia*)第 1081 至 1115 行))和长短格节奏。此句暗示悲剧的"进场歌"中有短短长格和长短格节奏,但现存的古希腊悲剧中的"进场歌"并不都采用短短长格节奏,而且不采用长短格节奏。

摩斯歌"是歌队与舞台上的演员轮唱的哀歌。悲剧艺术应使用的各个成分,早已讲过了①;悲剧的篇幅,即所分的段落如上。〕

---

① 此句与本章第一句重复,这是伪作的证据之二。

第十三章

现在承接前面①所述,进而讨论诗人在安排情节的时候,应追求什么,当心什么,悲剧的效果怎样产生。既然最完美的悲剧的结构不应是简单的,而应是复杂的,而且应模仿足以引起恐惧与怜悯之情的事件(这是这种模仿的特殊功能②),那么,很明显,第一,不应写好人由顺境转入逆境,因为这只能使人厌恶,不能引起恐惧或怜悯之情;第二,不应写坏人由逆境转入顺境,因为这最违背悲剧的精神——不合悲剧的要求,既不能打动慈善之心③,更不能引起怜悯或恐惧之情;第三,不应写极恶的人由顺境转入逆境,因为这种布局虽然能打动慈善之心,但不能引起怜悯或恐惧之情,因为怜悯是由一个人遭受不应遭受的厄运而引起的,恐惧是由这个这样遭受厄运的人与我们相似而引起的④〔怜

1453a

---

① 指第九章末段至第十三章,该部分着重讨论复杂的情节。
② 意即复杂的情节最能引起恐惧与怜悯之情。
③ "打动慈善之心"或解作"满足道德感"。
④ 柏拉图在他的对话《理想国》第三卷攻击诗人们,理由之一就是责备他们不该说"许多坏人享福,许多好人遭殃"(参见《柏拉图文艺对话集》)。亚理斯多德在此处把好人遭殃或坏人享福的情节排除在悲剧之外,即使有诗人写这两种情节,观众也不容许,用不着由哲人们出面来审查与禁止。亚理斯多德认为观众的怜悯与恐惧之情是受理性指导的,它使观众怜悯某些人物,不怜悯某些人物,发生恐惧之情或不发生恐惧之情,而不是如柏拉图所说,"哀怜癖"是不受理性控制的(参见《柏拉图文艺对话集》)。亚理斯多德是这样为情感辩护的。亚理斯多德认为一个极恶的人与我们不相似,因此我们不认为我们也会像他那样遭受厄运,不致为自己会遭受他那种厄运而发生恐惧之情。

悯是由不应遭受的厄运而引起的,恐惧是由这人与我们相似而引起的]①,因此上述情节既不能引起怜悯之情,又不能引起恐惧之情。此外还有一种介于这两种人之间的人,这样的人不十分善良②,也不十分公正,而他之所以陷于厄运,不是由于他为非作恶,而是由于他犯了错误③,这种人名声显赫,生活幸福,例如俄狄浦斯、堤厄斯忒斯以及出身于他们这样的家族的著名人物④。

完美的布局应有单一的结局,而不是如某些人所主张的,应有双重的结局,其中的转变不应由逆境转入顺境,而

---

① 括弧里的话与上句意思重复,疑是伪作。
② 亚理斯多德曾在第二章说,喜剧模仿"坏人""比我们今天的人坏的人",悲剧模仿"好人""比我们今天的人好的人"。他曾在第五章第一段对"比较坏的人"加以限制,说喜剧模仿"滑稽的事物",并不是模仿一切"恶"。他在此处对"好"加以限制,说明悲剧中的主人公应是"不十分善良"的人,不应是好到极点的人。至于悲剧中的其他人物,则仍应是好人。"这两种人"不是指"好人"与"坏人",也不是指"好人"与"极恶的人",而是指"遭受不应遭受的厄运"的人与"与我们相似"的受难者。第二章说模仿者所模仿的人物"比一般人好",又说"悲剧总是模仿比我们今天的人好的人"。在亚理斯多德看来,理想的英雄人物应比"好人"坏,比一般人(即"我们")好。他比"好人"坏,因此他"遭受不应遭受的厄运",能引起我们的怜悯,如果他比"好人"坏不了多少,而与"好人"太相近了,那么他"遭受不应遭受的厄运",就会引起我们的"厌恶";他比一般人好,而又与一般人相似,因此他"遭受不应遭受的厄运",能引起我们的恐惧,如果他比一般人好不了多少,而与一般人太相似了,那么,在亚理斯多德看来,他就是个无足轻重的人,不能作悲剧的英雄人物。
③ "犯了错误"指由于看事不明(例如不知对方是自己的亲属)而犯了错误,不是指道德上有缺点。
④ 这句话表示在完美的布局中,转变是由顺境转入逆境,在较差的布局中,却可由逆境转入顺境。堤厄斯忒斯(Thyestes)是珀罗普斯(Pelops)的儿子,曾和他的弟兄阿特柔斯(Artreus)争夺王位。

应相反,由顺境转入逆境①,其原因不在于人物为非作恶,而在于他犯了大错误,这人物应具有上述品质②,甚至宁可更好,不要更坏③。这个见解的正确性可用事实来证明。(初时诗人们碰上什么故事,就信手拈来;现在最完美的悲剧都取材于少数家族的故事④,例如阿尔克迈翁、俄狄浦斯、俄瑞斯忒斯、墨勒阿格洛斯、堤厄斯忒斯、忒勒福斯以及其他的人的故事,这些人碰巧都受过可怕的苦难,做过可怕的事情⑤。)

---

① "单一的结局"指比一般人好,比"好人"坏的人物由顺境转入逆境的结局。"双重的结局"指"善有善报,恶有恶报"的结局。"某些人"大概指柏拉图和相信柏拉图的理论的人,例如赫剌克利得斯·蓬提科斯(Heraklides Pontikos)。柏拉图认为"好人在世时及死后都不会遭殃"(参见《苏格拉底的答辩》41d),他因此责备诗人们不该说"许多坏人享福,许多好人遭殃"(参见第38页注④)。这样看来,柏拉图是主张"善有善报,恶有恶报"的。亚理斯多德认为悲剧的目的在于引起怜悯与恐惧之情,因此主张最好的情节应由顺境转入逆境,因为这种情节能引起这两种情感。在"双重的结局"中,善有善报,而善报是喜剧性的;此外是恶有恶报,而恶报是坏人所应得的,因此这种结局不能引起怜悯与恐惧之情。
② 指"不十分善良,也不十分公正"。
③ 意即宁可更靠近好人,不要更靠近一般人。
④ "初时"指悲剧的前一段历史,约到公元前450年为止,即到"悲剧才具有了它自身性质"(第四章第四段)时为止,此时期的诗人包括埃斯库罗斯。"现在"指公元前450年以后一段时期,此时期的诗人包括索福克勒斯和欧里庇得斯。
⑤ 阿尔克迈翁(Alkmaion)是安菲阿剌俄斯(Amphiaraos)与厄里费勒(Eriphyle)的儿子。厄里费勒因为受了贿赂,曾怂恿安菲阿剌俄斯去攻打忒拜。安菲阿剌俄斯预知有生命危险,因此叫阿尔克迈翁把他母亲杀死。阿尔克迈翁杀死了他母亲,他本人后来被他妻子的弟兄杀死了。俄瑞斯忒斯是阿伽门农的儿子,他母亲克吕泰墨斯特拉(Klytaimestra)杀死了他父亲,他为父报仇,杀死母亲,以致为报仇神们所追逐。墨勒阿格洛斯(Meleagros)是俄纽斯(Oineus)的儿子,因为杀死舅父,被母亲害死。忒勒福斯(Telephos)(转下页)

要这样的布局才能产生技巧上最完美的悲剧（那些指责欧里庇得斯不应在他的悲剧中这样布局〔他的许多悲剧以不幸的结局收场〕的人犯了同样的错误①；因为，按照前面所说，这样布局是正确的。我们有个最好的证据：在舞台上、在比赛中，这样的悲剧，只要是按照正确的原则写成的②，最能产生悲剧的效果③，而欧里庇得斯实不愧为最能产生悲剧效果的诗人，虽然他在别的方面手法不高明）④。

第二等是双重的结构，有人⑤认为是第一等，例如《奥德赛》，其中较好的人和较坏的人得到相反的结局⑥。由于

（接上页）是赫剌克勒斯的儿子，他几乎被他的新娘（即他的母亲）杀死。他后来被阿喀琉斯（Akhilleus）刺伤，因此乔装乞丐，请求阿喀琉斯用他矛尖上的锈给他医治。

① "这样布局"指采用"单一的结局"、由顺境转入逆境的转变和使人物由于看事不明而犯了错误。"他的许多悲剧以不幸的结局收场"一语疑是伪作，因为这句话把"这样布局"一语限制得太狭窄了。那些指责欧里庇得斯的人大概是喜剧诗人。"同样的错误"指上段所说的主张双重的结构的人所犯的错误。

② 一般校订者把这句话解作"只要演得好"，但任何剧的成功，都要靠演得好。

③ 意即最能引起观众的怜悯与恐惧之情。悲剧的效果是靠布局而产生的。

④ 亚理斯多德认为欧里庇得斯的歌队不是剧中的有机部分（第十八章末段），《伊菲革涅亚在奥利斯》（Iphigeneia he en Aulidi）中的伊菲革涅亚的性格前后不一致（第十五章第一段），美狄亚杀儿子一事缺乏戏剧效果（第十四章第三段），《美狄亚》中的"解"不应借用"神力"（第十五章第二段），《俄瑞斯忒斯》中的墨涅拉俄斯（Menelaos）的性格过于卑鄙（第十五章第一段），《墨拉尼珀》（Melanippe）中的墨拉尼珀不应能言善辩（第十五章第一段）。

⑤ 指柏拉图和相信柏拉图的理论的人，参见第40页注①。

⑥ 意即较好的人得到好的结局，较坏的人得到坏的结局。在《奥德赛》中，俄底修斯与家人团圆，而那些向他妻子求婚的人，则尽被他杀死。

观众的软心肠①,这种结构才被列为第一等;而诗人也为了迎合观众的心理,才按照他们的愿望而写作。但这种快感不是悲剧所应给的,而是喜剧所应给的。〔在喜剧里,即使人物在故事中是仇人,例如俄瑞斯忒斯和埃癸斯托斯②,他们往往在终场时成为朋友,一同退场,谁也没有被谁杀害。〕

---

① 意即由于观众不能忍受悲剧的紧张情调。
② 埃癸斯托斯(Aigisthos)是谋杀俄瑞斯忒斯的父亲阿伽门农的帮凶。

俄狄浦斯和斯芬克斯

第十四章①

恐惧与怜悯之情可借"形象"来引起,也可借情节的安排来引起,以后一办法为佳,也显出诗人的才能更高明。情节的安排,务求人们只听事件的发展,不必看表演,也能因那些事件的结果而惊心动魄,发生怜悯之情;任何人听见《俄狄浦斯王》的情节②,都会这样受感动。诗人若是借"形象"来产生这种效果③,就显出他比较缺乏艺术手腕;这个办法要依靠装扮者的帮助④。有的诗人借"形象"使观众只是吃惊,而不发生恐惧之情,这种诗人完全不明白悲剧的目的所在。我们不应要求悲剧给我们各种快感,只应要求它给我们一种它特别能给的快感。既然这种快感是由悲剧引起我们的怜悯与恐惧之情,通过诗人的模仿⑤而产生的,那么显然应通过情节来产生这种效果⑥。

1453b

---

① 此章内容与上一章相同,应属于同一章。
② 指主要情节,包括剧外情节,即俄狄浦斯杀父娶母的情节。
③ 据说埃斯库罗斯上演他的悲剧《报仇神》(*Eumenides*)时,观众看见那些组成歌队的报仇女神们的凶恶面具非常害怕,有的妇女竟因此流产。欧里庇得斯使他的人物穿破衣烂衫。
④ "装扮者"原文作"支付歌队费用者的义务"。古希腊戏剧的歌队的费用是由富裕的公民担负的。这个词大概转义为"演员的面具和服装的负责人"。或解作"外来的帮助",即装扮者的帮助。
⑤ 指"行动的模仿",即情节,参见第六章第四段中的定义:"情节是行动的模仿(所谓'情节',指事件的安排)。"
⑥ 亚理斯多德认为怜悯和恐惧都是痛苦的情感,但人们在悲伤和恐惧的时候,痛苦和快感是交织在一起的;他并且认为情节的安排、长度、连续性、整一性最能使观众得到快感。参见第二十三章开头部分。

现在让我们研究一下，哪些行动是可怕的或可怜的。这样的行动一定发生在亲属之间、仇敌之间或非亲属非仇敌的人们之间。如果是仇敌杀害仇敌，这个行动和企图，都不能引起我们的怜悯之情，只是被杀者的痛苦有些使人难受罢了；如果双方是非亲属非仇敌的人，也不行；只有当亲属之间发生苦难事件时才行，例如弟兄对弟兄、儿子对父亲、母亲对儿子或儿子对母亲施行杀害或企图杀害，或做这类的事——这些事件才是诗人所应追求的。

流传下来的故事（例如克吕泰墨斯特拉死在俄瑞斯忒斯手中，厄里费勒死在阿尔克迈翁手中）不得大加变动①。不管诗人是自编情节还是采用流传下来的故事，都要善于处理②。现在更清楚地说明，何谓"善于处理"。这种行动③可如旧日的诗人那样处理，叫人物知道对方是谁而有意做出来，欧里庇得斯④也曾使美狄亚这样杀死她两个儿子⑤。〈或者叫人物知道对方是谁而没有做出来。〉⑥或者叫人物做出来，但他做这种可怕的事时不知道对方是谁，事后才发现他和对方有亲属关系，例如索福克勒斯剧中的俄狄浦斯（俄狄浦斯杀父一事不在该剧之内，但这种凶杀事件也有

---

① 不能叫克吕泰墨斯特拉不死在俄瑞斯忒斯手中，也不能叫厄里费勒不死在阿尔克迈翁手中。关于克吕泰墨斯特拉和厄里费勒的故事，参见第40页注⑤。
② 一般校订者把这句话解作："但诗人应增添新的细节，而且应善于运用流传下来的故事。"
③ 指上述的"可怕的或可怜的"行动。
④ 欧里庇得斯是"现代"诗人。
⑤ 美狄亚因为她丈夫伊阿宋（Iason）另娶妻子，愤而杀死她自己的两个儿子。
⑥ 括弧里的话是根据厄尔斯的建议而补订的。

在剧内的,例如阿斯堤达马斯的悲剧中阿尔克迈翁杀母一事①和《俄底修斯受伤》剧中的忒勒戈诺斯杀父一事②)。此外[第三]是执行者不知对方是谁而企图做一件不可挽救的事,及时"发现"而住手。此外别无其他方式;因为事情必然是做了或者没有做,对方是谁必然是知道或者不知道。③ 在这些方式中,最糟的是知道对方是谁,企图杀他而又没有杀——这样只能使人厌恶④,而且因为没有苦难事件发生,不能产生悲剧的效果;因此没有什么人这样写作,只是偶尔有人采用,例如《安提戈涅》剧中海蒙之企图杀克瑞翁⑤。次糟的是事情终于做了出来⑥。较好的是不知对方是谁而把他杀了,事后方才"发现"——这样既不使人厌

1454a

---

① 阿斯堤达马斯(Astydamas)是公元前四世纪悲剧诗人,在他的剧中,阿尔克迈翁大概在疯狂中杀死他母亲,因此可以说他杀母时不知对方为谁。采用流传下来的故事,杀与不杀不能加以改变,但诗人可以使人物知道对方是谁而加以杀害,或者不知道对方是谁而加以杀害。
② 《俄底修斯受伤》据说是索福克勒斯的悲剧,已失传。忒勒戈诺斯(Telegonos)是俄底修斯与喀耳刻(Kirke)的儿子,来到伊塔刻(Ithake)寻父,因迫于饥饿,抢劫谷物,俄底修斯前去阻止,被他刺伤而死。忒勒戈诺斯于事后才"发现"死者是他的父亲。
③ 从这句话里可以看出上面所说的应是四种情形。
④ 明知对方是自己的亲属而企图杀他,会使人起反感。
⑤ 《安提戈涅》是索福克勒斯的悲剧,剧中的海蒙(Haimon)恨他父亲克瑞翁(Kreon)害死他的未婚妻安提戈涅,用剑刺他,没有刺中。
⑥ 在这种情形下,杀人的意图使人厌恶;这种方式还不算最糟,因为有苦难事件发生,能引起怜悯之情,但这种情感被厌恶之心堵住,因此不强烈。明知对方是亲属而把他杀了,会使人"厌恶"。这种方式与上一种方式均属于"简单的情节",因为其中都没有"发现"。

恶①,而这种"发现"又很惊人。最好的是最后一种②,例如在《克瑞斯丰忒斯》剧中,墨洛珀企图杀她的儿子,及时"发现"是自己儿子而没有杀③;又如在《伊菲革涅亚在陶洛人里》剧中,姐姐及时"发现"她的弟弟;又如在《赫勒》④剧中,儿子企图把母亲交给仇人,却及时"发现"是他的母亲。(前面⑤说过,〈最好的〉悲剧都取材于为数不多的家族的故事⑥,其原因如下:诗人们在寻找题材时,找到这种事件来作情节,并不是由于技术知识,而是出于碰巧;他们至今还是不得不依赖那几个碰巧受过这种苦难的家族⑦。)

关于事件的安排和情节应具有什么性质,讲得够多了。

---

① 前面第十三章第二段说,悲剧中的转变"不应由逆境转入顺境,而应相反,由顺境转入逆境",此处却把企图杀而没有杀作为最好的方式,似乎与前一说法矛盾。在亚理斯多德看来,企图杀害的行动只要描写得很生动,可使观众相信已成为事实,可引起怜悯与恐惧之情,仿佛主人公的处境已由顺境转入逆境。因为没有杀人,所以一点也不致引起"厌恶"之感。
② 指不知对方是谁而把他杀了。
③ 《克瑞斯丰忒斯》(*Kresphontes*)是欧里庇得斯的悲剧,已失传。克瑞斯丰忒斯被波吕丰忒斯(Polyphontes)杀死后,他的妻子墨洛珀(Merope)把她儿子埃皮托斯(Aipytos)送到阿耳卡狄亚(Arkadia)避难。埃皮托斯后来回来报仇,几乎杀死他母亲杀死。
④ 《赫勒》(*Helle*)已失传,不知为何人所作,情节亦不悉。
⑤ 指第十三章第二段。
⑥ "最好的"是后人补订的,第十三章第二段中有这词。并不是所有的悲剧都取材于这些为数不多的家族的故事。
⑦ 如果诗人们具有技术知识,他们就能找到上述的比较好或最好的情节。此处所说的理由已包含在"初时诗人们碰上什么故事,就信手拈来"(第十三章第二段)一语中。诗人们在挑选情节时,由于缺乏技术知识,只好碰运气,他们碰巧碰上了这几个家族。

47

第十五章

关于"性格"须注意四点。第一点,也是最重要之点,"性格"必须善良①。一言一行,如前面②所说,如果明白表示某种抉择,人物就有"性格";如果他抉择的是善,他的"性格"就是善良的。这种善良人物各种人里面都有,甚至有善良的妇女,也有善良的奴隶,虽然妇女比较低,奴隶非常贱。第二点,"性格"必须适合③。人物可能有勇敢的,但勇敢或能言善辩与妇女的身份不适合。第三点,"性格"必须相似④,此点与上面说的"性格"必须善良,必须适合不同。第四点,"性格"必须一致;即使诗人所模仿的人物"性格"不一致,而这种不一致的"性格"又是固定了的⑤,也必须寓一致于不一致的"性格"中⑥。不必要的卑鄙"性格",可举《俄

---

① 但不是"十分善良",参见第十三章第一段。
② 指第六章第十一段。
③ 意即性格须适合人物的身份,男人要像男人,女人要像女人,奴隶要像奴隶,上层贵族(即所谓英雄人物)要像上层贵族。
④ 意即与一般人的性格相似。或解作与传说中的人物的性格相似。
⑤ "人物"指传说中人物。末句或解作:"又是诗人预先规定的。"
⑥ 意即基本上是一致的,例如忧郁的人有时忽然生气或忽然兴奋,但随即忧郁起来,他一时生气,一时兴奋,这种表现是和他的基本性格一致的。

瑞斯忒斯》剧中的墨涅拉俄斯的"性格"为例①。不相宜、不适合的"性格"可举《斯库拉》剧中俄底修斯的悲叹或墨拉尼珀的话所表现的"性格"为例②。不一致的"性格",可举《伊菲革涅亚在奥利斯》剧中伊菲革涅亚的"性格"为例——请求免死的伊菲革涅亚与后来的伊菲革涅亚一点也不相合③。

　　刻画"性格",应如安排情节那样,求其合乎必然律或可然律④:某种"性格"的人物说某一句话,做某一桩事,须合乎必然律或可然律;一桩事件随另一桩而发生,须合乎必然律或可然律。(因此,布局的"解"显然应该是布局中安排下来的⑤,而不应该像《美狄亚》一剧那样,借用"机械上的

---

① 《俄瑞斯忒斯》是欧里庇得斯的悲剧。墨涅拉俄斯是俄瑞斯忒斯的叔父、斯巴达国王。俄瑞斯忒斯因为杀母有罪,可判处死刑,墨涅拉俄斯在该剧第 682 至 716 行表示他无力相救。这段话暴露了他的卑鄙的性格(即胆怯),因为他不是见义勇为,而是逃避责任。他的话没有鼓励,也没有阻止俄瑞斯忒斯到公民大会去答辩(他的答辩失败了,因此判处死刑)。墨涅拉俄斯的卑鄙性格和他所说的话没有推动情节向前发展,因此是"不必要的",意即不是情节所必需的。

② 《斯库拉》(Skylla)是提摩忒俄斯的酒神颂,写俄底修斯在意大利与西西里之间的海峡上,遇见女怪斯库拉抓食他的水手们的惊险经历。此处大概是说俄底修斯身为国王,为人沉着,富于谋略,提摩忒俄斯不应叫他那样绝望地悲叹。墨拉尼珀(Melanippe)是欧里庇得斯的悲剧《聪明人墨拉尼珀》(已失传)中的女主人公。她在该剧中说了一大段话,显示她能言善辩,但终于判处死刑,后来大概被她母亲希珀(Hippe)所救。她这段话不合女人的身份,也救不了她。亚理斯多德认为这段表示性格的话不是情节所必需的。

③ 《伊菲革涅亚在奥利斯》是欧里庇得斯的悲剧,写伊菲革涅亚的父亲阿伽门农要杀她来祭阿耳忒弥斯(Artemis)。伊菲革涅亚在该剧第 1211 至 1252 行表示不愿意死,她后来在第 1368 至 1461 行却表示愿意死。

④ 此处暗中批评上段所列举的性格不合乎必然律或可然律。

⑤ 关于"解",参见第十八章第一段。"布局中"或改订为"性格中",意即"解"须合乎人物的性格,《美狄亚》中的"解"借用"龙车"(参见 50 页注②),而且没有伏笔,因此不合乎美狄亚的性格,因为她很聪明,按照必然律或可然律,她应早就想到了脱身之计。

神"的力量,或者像《伊利亚特》中的归航一景那样①,借用"机械上的神"的力量②,"机械上的神"只应请来说明剧外的事,例如以前发生的、凡人不能知道的事,或未来的、须由神来预言或宣告的事③;因为我们承认神是无所不知的。情节中不应有不近情理的事,如果要有,也应把这种事摆在剧外,例如索福克勒斯的《俄狄浦斯王》剧中的不近情理的事④。)

(既然悲剧是对于比一般人好的人的模仿,诗人就应该向优秀的肖像画家学习⑤;他们画出一个人的特殊面貌,求其相似而又比原来的人更美;诗人模仿易怒的或不易怒

---

① 《伊利亚特》并没有写希腊军的归航,只第二卷写阿伽门农为了试探军心,假意撤兵。远征军正要撤走的时候,雅典娜(Athena)便前来阻止。抄本似有错误,因为《伊利亚特》是史诗,不是悲剧,撤兵一段是在开头,不是在"解"里。厄尔斯建议改订为"《伊菲革涅亚在奥利斯》中的启航一景"。现存的该剧的"退场"是伪作,该剧另有一个"退场",女神阿耳忒弥斯大概在那个"退场"中出现,她前来救伊菲革涅亚,详细情节不得而知。
② 美狄亚在杀子后乘坐她祖父太阳神赫利俄斯(Hellios)送给她的龙车逃跑,这龙车是吊在机械下面的。这办法等于借用"神力"。"机械"是一种起重机,可以使神由天空下降。希腊悲剧中的纠纷无法解决时,往往借用神的力量来解决。欧里庇得斯的悲剧有两三出采用这办法。
③ 亚理斯多德在此处暗中称赞欧里庇得斯这样使用"机械上的神"。
④ 俄狄浦斯做了许多年忒拜国王,竟不知前王拉伊俄斯被杀的地点与情形,这是不近情理的。"剧外"指主要情节之外,意即可把不近情理的事放在穿插中;《俄狄浦斯王》第112行以下一段及第729行以下一段均涉及这件不近情理的事。
⑤ 抄本有错误。译文根据布乞尔的改订译出。"一般人"原文作"我们",指一般人。牛津本作:"既然悲剧是对于较好的人的模仿,我们就应该……""我们"一般解为"师徒们",即"我们诗人们"之意,这个解释不正确,因为《诗学》中所说的"我们"一概是指一般人或普通人。

的或具有诸如此类的气质的人〔就他们的"性格"而论〕,也必须求其相似而又善良。〔顽固的"性格"的例子〕例如荷马写阿喀琉斯为人既善良而又与我们相似。①)

这些原则②必须注意,此外,属于视听方面的事情——视听必然属于诗的艺术——也必须注意,因为诗人可能时常在这方面犯错误③。(我那篇已发表的著作④对这些错误已有足够的说明。)

---

① 肖像画家描绘个别的人,诗人则描写具有某种气质的一般的人。亚理斯多德在《欧得摩斯伦理学》(*Ethikon Eudemion*)第二卷第五章把"易怒"作为大多数人的气质。"易怒"可能成为恶德;此处所指的是天然倾向,不是恶德,因此易怒的人也可能是善良的人。"就他们的性格而论"疑是混入正文的旁注。"顽固的性格的例子"疑是伪作,因为在亚理斯多德心目中,阿喀琉斯是易怒的人,不是顽固的人。"顽固"是恶德;顽固的人不会是善良的人。译文根据厄尔斯的改订译出。牛津本作:"例如伽同和荷马之写阿喀琉斯。"此处的一段话大概是亚理斯多德补写的。他在第二章、第十三章第一段及本章开头都强调悲剧模仿"好人"、"比我们今天的人好的人"、"不十分善良"的人(参见第39页注②)、"善良"的人,再要求"相似";这时候,他却强调"相似",再要求"善良",把人物美化,使他合乎悲剧的要求。
② 大概指本章第一段和第二段前半段提出的五个原则。
③ 此处与第十七章衔接。"视"指诗人写作时应观察剧中的情景等,"听"指诗人写作时应谛听人物所说的话,参见第十七章。
④ 大概指《诗人篇》,那是一篇对话,已失传。

美狄亚杀子

第十六章①

((什么是"发现",前面②已经讲过了。"发现"的种类如下:

((第一种是由标记引起的"发现",这种方式最缺乏艺术性,无才的诗人常使用。标记有生来就有的,例如"地生人身上的矛头标记"③或卡耳喀诺斯的《堤厄斯忒斯》剧中采用的星形标记④;也有后来才有的,包括身体上的标记(例如伤痕)和身外之物(例如项圈,又如《堤洛》剧中的摇篮,剧中的"发现"便依靠这摇篮⑤)。使用这些标记,手法有高低,例如俄底修斯之被乳母和牧猪人"发现",都是由

---

① 此章论"发现"的技巧,与上一章及下一章不衔接,为第十一章的补充部分。
② 指第十一章第一段。
③ "地生人"指忒拜人。忒拜城的建立者卡德摩斯(Kadmos)杀死一条龙,他把龙牙种在地里,地里便长出许多武士,卡德摩斯向他们扔了一块石头,他们便自相残杀,到后来只剩五个人,这五个人成为忒拜人的祖先,他们的后人身上都有矛头的痕迹。
④ 卡耳喀诺斯(Karkinos)是公元前四世纪初叶悲剧诗人。他的悲剧《堤厄斯忒斯》已失传。堤厄斯忒斯是珀罗普斯的儿子。珀罗普斯曾被他父亲煮来款待天神,他肩上的肉被得墨忒耳(Demeter)吃了一块,后来由一位神用一块象牙补上,因此他的后人肩上都有星形的白点。
⑤ 《堤洛》(Tyro)是索福克勒斯的悲剧,已失传。堤洛给海神波塞冬(Poseidon)生了一对孪生子,她把他们放在一只摇篮里一起抛弃了。这两个孩子就是凭这摇篮被人"发现"的。

于他的伤痕,但方式不同①。用标记作证据,比较缺乏艺术性,所有这类方式都是如此;但若出于偶然,例如洗脚一景中的标记,则比较可取。

((第二种是诗人拼凑的"发现",由于是拼凑的,因此也缺乏艺术性,例如在《伊菲革涅亚在陶洛人里》剧中,俄瑞斯忒斯透露他是谁;至于伊菲革涅亚是谁,是由一封信而暴露的;而俄瑞斯忒斯是谁,则由他自己讲出来,他所讲的话②是诗人要他讲的,不是布局要他讲的。这种"发现"的缺点和前面说的差不多,因为俄瑞斯忒斯也可能露出些标记来。索福克勒斯的《忒柔斯》剧中的压板声是另一个例子③。

((第三种是由回忆引起的"发现",由一个人看见什么,或听见什么时有所领悟而引起的,例如狄开俄革涅斯的悲剧《库普里俄人》中的〈透克洛斯〉看见那幅画而哭泣④,在阿尔喀诺俄斯故事中,〈俄底修斯〉听见竖琴师唱歌,因此

1455a

---

① 乳母给伪装乞丐的俄底修斯洗脚时,看见他膝上的伤痕,因此"发现"俄底修斯是她主人(参见《奥德赛》第十九卷第335至475行)。这"发现"是一桩很自然的事。俄底修斯后来把这伤痕给牧猪人看,使他认识他是主人(参见《奥德赛》第二十一卷第188至224行)。这"发现"不如前一种好。

② 参见第35页注①。

③ 《忒柔斯》(Tereus)已失传。忒柔斯娶潘狄翁(Pandion)的女儿普洛克涅(Prokne)为妻。他后来把妻子藏在乡下,伪称她已死去,请求潘狄翁把他另一个女儿菲罗墨拉(Philomela)送来。菲罗墨拉到达后,忒柔斯把她奸污了,并把她的舌头割掉。菲罗墨拉把她的遭遇织在一块布上,这样告诉普洛克涅。《忒柔斯》剧中的"压板声"大概透露了菲罗墨拉是谁;亚理斯多德认为这个方式像俄瑞斯忒斯透露自己的方式那样缺乏艺术性。"压板"是把纬线压平的木板,或解作"梭子"。

④ 狄开俄革涅斯(Dikaiogenes)大概是公元前五世纪后半叶人。在《库普里俄人》(Kyprioi)剧中,透克洛斯(Teukros)回到萨拉弥斯(Salamis,旧译作萨拉米)岛,在那里看见他父亲的肖像而哭泣,因此被人"发现"。

回忆往事而流泪①;他们两人因此被"发现"。

((第四种是由推断而来的"发现",例如《奠酒人》剧中的推断:"一个像我的人来了,除俄瑞斯忒斯而外,没有人像我,所以是他来了。"②又如诡辩家波吕伊多斯为《伊菲革涅亚在陶洛人里》一剧提供的建议:俄瑞斯忒斯可能这样推断:"我姐姐是被杀了来献祭的,我也像她那样被杀来献祭。"③又如忒俄得克忒斯的《堤丢斯》剧中的推断:"我前来寻子而自身不保。"④又如在《菲纽斯的女儿们》剧中,少女们一看见那地点,就断定了自己的命运:"我们注定死在这里,因为我们小时候被遗弃在这里。"⑤

((此外还有一种复杂的"发现"⑥,由观众⑦的似是而非的推断造成的,例如在《俄底修斯伪装报信人》⑧剧中,俄

---

① 俄底修斯听见竖琴师歌唱他攻打特洛亚的故事而流泪,他在阿尔喀诺俄斯(Alkinoos)的追问之下,说出他是谁(参见《奥德赛》第八卷)。
② 《奠酒人》(*Khoephoroi*)是埃斯库罗斯的悲剧。俄瑞斯忒斯的姐姐厄勒克特拉(Elektra)在她父亲阿伽门农坟前看见一些头发,和她自己的相似,她因此推断是一个像她的人来了。
③ 波吕伊多斯(Polyidos)是一个诡辩家,不是一个诗人,他是在给欧里庇得斯出主意。俄瑞斯忒斯如果这样一说,她姐姐伊菲革涅亚便可推断出他是她弟弟。
④ 忒俄得克忒斯(Theodektes)是个悲剧诗人,《堤丢斯》(*Tydeus*)已失传,剧情不悉、大概是堤丢斯去寻找他儿子狄俄墨得斯(Diomedes),因为说了这句话,被狄俄墨得斯"发现"。
⑤ 《菲纽斯的女儿们》(*Phineidai*)已失传,不知为何人所作。这些女子大概因为说了这句话,被人"发现"是菲纽斯的女儿。
⑥ "复杂的'发现'"大概指两次"发现",第一次"发现"(如此处说的)没有成为事实。
⑦ "观众"根据勒布本译出,牛津本作"另一方"。
⑧ 《俄底修斯伪装报信人》大概是一出"萨堤洛斯剧",已失传,不知为何人所作。俄底修斯在剧中伪装乞丐,回到家里报告关于他自己的消息。

底修斯说,他能认出那把弓——实际上他并没有见过那把弓;观众以为俄底修斯会这样暴露他是谁,但这是错误的推断。①

((一切"发现"中最好的是从情节本身产生的、通过合乎可然律的事件而引起观众的惊奇的"发现",例如索福克勒斯的悲剧《俄狄浦斯王》和《伊菲革涅亚在陶洛人里》中的"发现";伊菲革涅亚想送信回家,是一桩合乎可然律的事。惟有这种"发现"不需要预先拼凑的标记或项圈。次好的是由推断而来的"发现"。))

---

① 抄本有错误,意思不明白。剧情不悉;大概是指观众以为俄底修斯会开弓,这样暴露他是谁,但是他没有这样做。

第十七章

　　诗人在安排情节、用言词把它写出来的时候,应竭力把剧中情景摆在眼前,惟有这样,看得清清楚楚——仿佛置身于发生事件的现场中——才能做出适当的处理,绝不至于疏忽其中的矛盾(卡耳喀诺斯所受的指责可证明这一点:安菲阿剌俄斯自神殿中出场,他①没有注意到这情形,因为他没有观察;这出剧在舞台上失败了,因为观众不满意)②;此外,还应竭力用各种语言方式③把它传达出来。被情感支配的人最能使人们④相信他们的情感是真实的,因为人们都具有同样的天然倾向⑤,惟有最真实的生气或忧愁的

---

① 抄本作"观众",无疑是伪作。
② 此处批评的剧本大概叫《安菲阿剌俄斯》,已失传。安菲阿剌俄斯大概是从观众两旁的进出口之一退场的,他并没有进神殿,因此他再度进场时,应从原路回来,不应从神殿中出来。"出场"原文作"回来"。
③ 发生不同情感的人使用不同的语言方式,例如生气的人使用谩骂或侮辱的语言方式。诗人写作时须注意"听"人物所说的话,看他们所使用的语言方式是否合适。
④ "被情感支配的人"指人物。"人们"指观众。
⑤ 指易发生某种情感的天然倾向。人们都具有某些天然倾向(例如生气的倾向),知道生气的时候应说什么样的话,使用什么样的语言方式,他们一看见剧中人物说生气的话,使用生气的语言方式,他们就知那个人物生气了,并相信他的愤怒是真实的,因为那些话是愤怒的表现。

人,才能激起人们的愤怒和忧郁。①(因此诗的艺术与其说是疯狂的人的事业,毋宁说是有天才的人的事业;因为前者不正常,后者很灵敏。)②

情节不论采用现成的,或由自己编造,都应先把它简化成一个大纲,然后按上述法则③加进穿插④,把它拉长。我的意思是说,大纲可以这样观察,试举《伊菲革涅亚在陶洛人里》的大纲为例⑤:一个少女被杀了来献祭,当着那些杀她来献祭的人神秘地失踪了,由神把她摄到外地去了,那地方有个风俗:把异方来客杀来祭一位女神,这女子便执掌着这种祭祀的职务;后来这女祭司的弟弟碰巧到了那里

1455b

---

① 此段(自"此外"起)一直被解作:"此外,还应竭力做出剧中人物的姿态。假定诗人的天分相同,那么谁能切身感受到剧中人物的情感,谁就最能使人相信——惟有感觉愤怒或忧郁的人,才能逼真地描写愤怒或忧郁的情感。"这个解释合乎柏拉图的说法(柏拉图认为诗人化身为剧中人物,通过他们把情感传给观众,参见《理想国》第三卷392d),而不合乎亚理斯多德的说法(亚理斯多德认为诗人不应化身为剧中人物,而应叫剧中人物说话,参见第二十四章第四段)。诗人应使生气或忧愁的人物使用适当的、表示情感的语言方式,使观众相信他们的情感是真实的;真正生气或忧愁的人物,通过他们所采用的语言方式以激起观众的愤怒和忧郁。

② 亚理斯多德认为疯狂的诗人不正常,不善于挑选表示各种不同的情感的语言方式;惟有有天才的诗人才善于挑选这些方式。"很灵敏"原文作"适应性很强",意即能跟随情况的变化、情感的转变,挑选适当的语言方式。"与其说"、"毋宁说"是厄尔斯改订的。牛津本作"有天才的人或疯狂的人"。一般校订者把这句话解作:"因此诗人要有天才,或者有几分疯狂;有天才的诗人很敏感,有几分疯狂的诗人容易激动。""很敏感"指能化身为具有不同的情感的人物。

③ 指本章第一段中提到的法则,即观察情节中有无矛盾,注意人物的"语言方式"。

④ 主要情节(即"大纲")以外的一切细节,都是"穿插"。此处不是指"分场";"大纲"往往不能包括各"场"的内容。

⑤ "大纲"中不用专名,免得诗人想起个别人物的许多故事,被纠缠在这些故事里,忘记主要情节,而写成"穿插式"的戏。

(至于神命令他[为什么缘故,则不在大纲之内]到那里去以及为什么目的①则不在情节②之内)③;他一到达就被逮捕,在将要被杀来献祭的时候,"发现"了〈他的姐姐〉④[像欧里庇得斯那样使他"发现",或者像波吕伊多斯那样使他"发现",叫他说(一个人可能这样说):"不仅是我姐姐,我自己也命中注定被杀了来献祭"]⑤,因此得救⑥。大纲既定,再给人物起名字,加进穿插;但须注意各个穿插须联系得上,例如俄瑞斯忒斯的疯狂(他因发疯而被逮捕)和净罪礼(他因举行净罪礼而得救)⑦。

---

① 俄瑞斯忒斯杀母后发疯,为报仇女神们所追逐,阿波罗(Apollon)叫他到那里盗取阿耳忒弥斯的像,把它送到雅典,他这样做,就能解脱痛苦,得到安息。
② 指主要情节,即大纲。
③ 这个细节虽然不在大纲之内,但可作为穿插,欧里庇得斯在此剧第85行以下一段描写了这个细节,这是由俄瑞斯忒斯讲出来的。从亚理斯多德的语气中,可以看出他写讲稿时想到了这段剧词。
④ "他的姐姐"是厄尔斯补订的。
⑤ 此段中的《伊菲革涅亚在陶洛人里》原文作《伊菲涅亚》,指《伊菲革涅亚在陶洛人里》(此处所说的"大纲"也是此剧的大纲),不是指欧里庇得斯和波吕伊多斯所写的同名的剧本《伊菲革涅亚》。亚理斯多德在十六章第五段称波吕伊多斯为"诡辩家",不称他为"诗人",可见波吕伊多斯并没有写过《伊菲革涅亚》。由此可证明方括弧里的话是伪作(这句话表示波吕伊多斯是一个诗人,参见第55页注③)。
⑥ 不是指俄瑞斯忒斯逃走,而是指他免于被杀来献祭;伊菲革涅亚在此剧第994行对俄瑞斯忒斯说:"我的手不想使你流血。"此剧后半部的剧情(第995至1496行)不在"大纲"之内。
⑦ 穿插须与主人公有联系。"疯狂"的穿插和"净罪礼"(katharsis)的穿插,是和俄瑞斯忒斯联系得上的。俄瑞斯忒斯于杀母后即行发疯,他曾在《伊菲革涅亚在陶洛人里》的"开场"中说他有疯病。这时候,他的旧病复发,牧人在"第一场"这样叙述他被捕的经过:他发了疯,杀死了许多头牛,因此被捕。伊菲革涅亚在"第三场"中说,客人们(指俄瑞斯忒斯和他的朋友皮拉得斯)手上有杀人罪,须用海水净洗;当地国王因此让他带着客人们到海边去,他们就趁机会逃走。此处所说的"得救"指逃走。

戏剧中的穿插都很短,史诗则因这种穿插加长。《奥德赛》的情节并不长。有一个人在外多年,有一位神①老盯着他,只剩下他一个人了;他家里情形落到了这个地步:一些求婚者耗费他的家财,并且谋害他的儿子;他遭遇风暴,脱险还乡,认出了一些人②,亲自进攻,他的性命保全了,他的仇人尽都死在他手中。这些是核心,其余是穿插③。

---

① "有一位神"根据厄尔斯的改订译出,抄本作"波塞冬"。"大纲"中不应有专名,参见第58页注⑤。
② 意即认出了哪些人是朋友,哪些人是仇敌。一般校订者把"一些人"删去,把这句话的意思改为"被人'发现'他是谁"。
③ 《奥德赛》的前十二卷(主要写俄底修斯的漂泊)几乎都是穿插。在亚理斯多德看来,此诗中的行动是从第十三卷开始的。古德曼(Gudeman)根据亚理斯多德所说的核心故事来统计,发现此部分只占4000行左右,其余8000来行则是穿插。

第十八章

((每出悲剧分"结"与"解"两部分。剧外事件,往往再搭配一些剧内事件,构成"结",其余的事件构成"解"。所谓"结",指故事的开头至情势转入顺境〈或逆境〉之前的最后一景之间的部分;所谓"解",指转变的开头至剧尾之间的部分,例如忒俄得克忒斯的《林叩斯》剧中的"结",由以前发生的事件以及孩子被擒和他的父母〈被擒〉二事①构成;该剧的"解"则是自谋杀案的控诉②至剧尾的部分。

((悲剧分四种(由于悲剧的成分也是四种,这些成分已经讨论过了)③,即复杂剧(完全靠"突转"与"发现"构成)④、苦难剧(例如那些《埃阿斯》与那些《伊克西翁》)⑤、"性格"

1456a

---

① "孩子"指阿巴斯,参见第34页注①。抄本有错误,意思不明白。"他的父母"原文作"他们的"。此二事是剧内事件。
② 大概指达那俄斯控告林叩斯谋杀了他的儿子阿巴斯,参见第34页注①。
③ "悲剧的"是补充的。"成分"指"发现"与"突转"(此二者合而为一个"成分")、苦难、"性格"和穿插(与第五章末段及第六章所指的"成分"是两回事),参见第62页注②。每出悲剧属于何种,是由它内部的主要"成分"决定的,它内部可能还有一些次要"成分"。
④ "突转"与"发现"构成"复杂剧",但"复杂剧"中可能还有其他"成分",参见第62页注④。
⑤ "苦难剧"中的主要"成分"是"苦难","苦难"在第十一章末段作为"情节"的"成分"之一。"苦难剧"是简单剧。埃阿斯(Aias)因为争夺阿喀琉斯遗下的甲仗不遂而自杀,索福克勒斯的悲剧《埃阿斯》即写此事。伊克西翁(Ixion)因为爱上宙斯(Zeus)的妻子赫拉(Hera),被宙斯和迈亚(Maia)的儿子赫耳墨斯(Hermes)绑在一个飞轮上。古希腊有许多诗人写过《埃阿斯》和《伊克西翁》。

剧(例如《佛提亚妇女》与《珀琉斯》)①和穿插剧②(例如《福耳喀得斯》《普罗米修斯》以及所有的把剧景设在冥土的悲剧③)。诗人应竭力运用这一切成分,如果办不到,也应运用其中最重要的,竭力多利用一些④,特别因为如今诗人们受到不公平的指责;过去的诗人各自善于运用某一成分,因此批评家要求每个诗人胜过每一个前辈的特长。其实要说一出悲剧和另一出相同不相同,公平的办法莫过于

---

① "'性格'剧"写善良的人物,表现善良的性格,这种人物有善报,悲剧以大团圆收场。《佛提亚妇女》(*Phthiotides*)是索福克勒斯的悲剧,已失传。索福克勒斯和欧里庇得斯各有一剧名《珀琉斯》(*Peleus*),均已失传;此处所说的大概是索福克勒斯的《珀琉斯》。

② 抄本作"第四种 hoes",hoes 不是个完整的希腊字。牛津本改订为"第四种是形象剧"(牛津本校订者拜瓦式把"形象"误解为"剧景",即景色之意);厄尔斯改订为"和穿插剧"。照第二十四章第一段看来,此处应作"简单剧",但由于一般的简单剧中没有显著的"成分",因此亚理斯多德大概不会把简单剧作为第四种。"穿插剧"中的"成分"是"穿插"。苦难剧和"性格"剧也是简单剧(例如索福克勒斯的《埃阿斯》),因此亚理斯多德更不能把简单剧作为第四种悲剧。

③ 《福耳喀得斯》(*Phorkides*)是埃斯库罗斯的悲剧,一说是萨堤洛斯剧,已失传。该剧中的珀耳修斯(Perseus)访问过神使赫耳墨斯、海神波塞冬,偷过格赖埃(Graiai)三姐妹共有的一只眼睛,可见该剧的结构是"穿插式"的。《普罗米修斯》大概指埃斯库罗斯的悲剧《被缚的普罗米修斯》,该剧的结构是"穿插式"的,参见第 30 页注③。埃斯库罗斯的另一出悲剧《普罗米修斯被释》(*Prometheus Lyomenos*)的结构也是"穿插式"的。一说指埃斯库罗斯的萨堤洛斯剧《普罗米修斯》。"悲剧"指萨堤洛斯剧,因为"把剧景设在冥土"剧都是萨堤洛斯剧,例如埃斯库罗斯的《鬼魂引导者》(*Psykhagogoi*)以及埃斯库罗斯、索福克勒斯、欧里庇得斯和克里提阿斯(Kritias)的《西绪福斯》(*Sisyphos*),这些萨堤洛斯剧中的主人公都曾到冥土访问死者的鬼魂,他们一个一个地访问,可见这些剧的结构是"穿插式"的。

④ "最重要的"成分指"发现"与"突转"(此二者合而为一〔转下页〕

看布局,即看"结"与"解"相同。①许多诗人善于"结",不善于"解";其实两者都应擅长。②))

诗人应记住前面屡次说过的话③,不要把一堆史诗材料写成悲剧,所谓"史诗材料",指故事繁多的材料,比方说,如果有人把《伊利亚特》所根据的故事整个写出来。在史诗里,由于规模大,各部分④都能有相当的长度,但是在戏剧里,它们却跟诗人的想法大相违背⑤。这一点可以这样看出来:许多诗人把伊利翁的陷落整个写出来,而不是只

〔接上页〕成分),其次是"苦难",再次是"性格","穿插"最不重要,但"穿插",如果挑选得好,安排得好,也可以构成一出不坏的戏,例如欧里庇得斯的悲剧《特洛亚妇女》(Troiades),其中的"穿插"都与老王后赫卡柏(Hekabe)的苦难有密切的关系。一出戏可能运用这四个成分,例如《伊菲革涅亚在陶洛人里》是一出"复杂剧",其中有"发现"与"突转";该剧中有"苦难"(俄瑞斯忒斯面临被杀来献祭的危险),有"性格"(俄瑞斯忒斯选择死,即愿意被杀来献祭),还有与"主人公相结合"的"穿插"(参见第十七章第三段末句);或者只利用这四个成分中的二三个。因此亚理斯多德说:"诗人应竭力利用这一切成分",还说,"竭力多利用一些"。至于"简单戏"则只能运用"苦难""性格""穿插",或此三者之一二。

① 意即比较悲剧的优劣,须首先比较布局的优劣。当日的批评家没有评定优劣的首要标准,他们要求每一个诗人在各方面都超过他的前辈。亚理斯多德指出首要标准是布局的优劣,其他均为次要标准,例如"开场"、"发现"、"性格"刻画等的优劣。亚理斯多德着意在"相同",因此没有说"看'结'与'解'不相同"。
② 一般校订者没有看出此处是在批评批评家不懂得怎样评定悲剧的优劣,把这最后两句(自"其实要说"起)移至本章第一段尾上。
③ 指第五章第三段、第七章末段、第九章第三段及第十七章末段中关于史诗与悲剧的长度的话。
④ 指穿插。
⑤ 诗人以为"各部分"越长越美,这个想法违反第七章末段所说的法则,因为只看重"越长越美",而疏忽了"有条不紊"这一前提。或解作:"它们使诗人大失所望",意即使诗人不能在戏剧比赛中获得胜利。

写一部分,像欧里庇得斯处理赫卡柏那样(不是像埃斯库罗斯那样),所有这些诗人不是失败,就是在比赛中失利①,甚至阿伽同也在他惟一的悲剧里遭受失败②。但是他们能从"突转"和简单情节中获得他们所想望的效果,即惊奇之感;〔因为这能产生悲剧的效果,打动慈善之心〕。写一个聪明的坏人(例如西绪福斯)上当,或写一个勇敢的歹徒被打败,就能产生这种效果。③ 那种事只有在阿伽同的话的意义上才是可能的,他说,可能有许多事违反可能律而发生。

歌队应作为一个演员看待:它的活动应是整体的一部分,它应帮助诗人获得竞赛的胜利,不应像帮助欧里庇得斯

---

① 译文根据厄尔斯的改订译出。伊利翁(Ilion)是特洛亚的别名。欧里庇得斯有两出悲剧是写赫卡柏的,其中一出是《赫卡柏》,另一出是《特洛亚妇女》,这两出悲剧只写伊利翁陷落的一部分故事,通过这一部分反映整个陷落,而不是把陷落整个写出来。"赫卡柏"这人名见拉丁文译本,抄本作"尼俄柏"。埃斯库罗斯的《埃阿斯三部曲》也是写伊利翁陷落的故事的,但写法与欧里庇得斯不同,大概是"穿插式"的,倾向于把陷落整个写出来。牛津本作:"有许多诗人把整个伊利翁的陷落写出来,而不是只写一部分,像欧里庇得斯那样,或者把整个尼俄柏故事写出来,而不是只写一部分,像埃斯库罗斯那样。"此处大概不会提起尼俄柏;埃斯库罗斯的手法不同,他大概不会"只写一部分"。"失利"大概指仅得次奖。
② 此句意思不明白。"悲剧"大概是指写伊利翁陷落的悲剧。或解作:"甚至阿伽同也由于这惟一的缘故而失败。"
③ "即惊奇之感"根据厄尔斯的改订译出。牛津本作:"但他们以惊人的技巧,从'突转'与简单情节中获得他们所想望的效果。""从'突转'",即从复杂情节之意。"因为这能产生悲剧的效果,打动慈善之心"一语疑是伪作。据此处所举的例子看来,一个聪明的坏人被欺骗或一个勇敢的歹徒被打败,虽然能打动观众的"慈善之心",但不能引起怜悯与恐惧之情,即不能产生悲剧的效果,参见第十三章第一段。西绪福斯很狡猾,他曾把死神绑起来,后来战神阿瑞斯(Ares)救了死神,并且把西绪福斯交给他惩治。"产生这种效果"指"引起惊奇之感";聪明的人反而上当,勇敢的人反而被打败,是出乎意料的事,使人吃惊。

那样,而应像帮助索福克勒斯那样①。其余的诗人②的合唱歌跟他们的剧中的情节无关,恰像跟其他悲剧的情节一样无关;因此如今歌队甚至唱借来的歌曲,阿伽同是这个借用办法的创始者③。唱借来的歌曲跟把一段话〔或一整场戏〕从一出剧移到另一出剧里,有什么区别呢?④

① 要歌队帮忙,诗人须使合唱歌与剧中情节紧密联系。索福克勒斯的合唱歌与情节的联系相当紧密,欧里庇得斯的合唱歌与情节的联系则不甚紧密。一般校订者把这句话解作:"它应是整体的一部分,应参加剧中的活动,不应像在欧里庇得斯的剧中那样,而应像在索福克勒斯的剧中那样。"
② 指欧里庇得斯以后的诗人们。
③ 导演不采用上演的剧本的合唱歌,而借用其他悲剧(多半是该剧作者的其他悲剧)的合唱歌,其原因是由于上演的剧本的合唱歌与剧情无关,不如从其他悲剧里借用较好的歌曲。阿伽同的悲剧中的一些合唱歌大概没有写出来,只于每"场"之后注明该处加合唱歌。亚理斯多德看了抄本,大概认为诗人兼导演的阿伽同借用过他的别的剧本中的合唱歌。
④ 当日的演员或导演往往从其他的悲剧里借来一段话。亚理斯多德在此处讽刺诗人们对于这个办法表示愤慨,而对于借用的合唱歌却能容忍。他希望他们写出与情节密切结合的合唱歌。"或一整场戏"疑是伪作,因为不可能从其他剧里借用一整场戏(参见第十二章)。

第十九章

其他成分已经谈过了①,只剩言词与"思想"尚待讨论。有关"思想"的一切理论见《修辞学》②;这个题目更应属于修辞学研究范围③。"思想"包括一切须通过语言而产生的效力,包括证明和反驳的提出、怜悯、恐惧、忿怒等情感的激发,〔还有夸大与化小〕。④ 但是很明显,当激发怜悯与恐惧之情,表示事物的重大或可能⑤时,还须按照这些方式从动作中产生"思想"的效力⑥;区别在于前者⑦应不待说明即

1456b

---

① 自第七章起主要讨论情节与"性格",第十四章第一段提及"形象",第十八章末段谈论歌曲。
② 指亚理斯多德自己的著作,参见该书1356a。
③ 参见第六章第十段。
④ 亚理斯多德在《修辞学》第一卷第二章(1356a)说,说服的方式有三种:第一种方式是利用演说者的"性格",第二种方式是使听众产生某种情感,第三种方式是依靠证明。他现在讨论"思想"时,只提第二和第三两种方式。此处所说的是激发剧中人物的怜悯、恐惧、愤怒等情感,不是激发观众的怜悯、恐惧、愤怒等情感。在亚理斯多德看来,悲剧所激发的观众的情感似乎只限于怜悯与恐惧。括弧里的话疑是伪作。"夸大"与"化小"是修辞技巧,意思是把不重要之点夸大为重要之点,把重要之点小看为不重要之点。"夸大与化小"与情感无关,这句话如果是亚理斯多德的原话,应与"反驳"衔接。
⑤ 意即表示事物的重大或不重大,可能或不可能。
⑥ 前面说"思想"的效力是通过语言而产生的,此处说"思想"的效力也可以通过"动作"(指身体的动作)而产生。"这些方式"指上述的产生"思想"的效力的方式,其中一种借情感的激发以表现"思想"的效力,另一种借"证明"与"反驳"以产生思想的效力(参见67页注①),但是这句话有语病,因为这似乎是说,"证明"与"反驳"可以完全不依赖语言,只通过身体的动作即能表达,因此亚理斯多德在下文加以说明。
⑦ 指"激发怜悯与恐惧之情"。

能传达出来①，后者②还须由说话的人在他的话里表示出来，而且是他的话的效果。因为如果这种效力不通过他的话即能传达出来，则何必要说话的人呢③？

有关言词的研究题目之一是语气，例如什么是命令、祈求、陈述、恐吓、发问、回答等等语气。这门学问属于演说艺术与这门艺术的专家的研究范围。一个诗人懂不懂这些语气，不致引起对于他的诗的艺术的值得严肃看待的指责。普洛塔哥拉④曾指责"女神，歌唱这愤怒吧"⑤一语，因为荷马本来想祈求，却发了命令——据普洛塔哥拉说，叫人做某事或不做某事是一个命令——但是谁能承认这是个错误呢⑥？这门研究属于其他一门艺术，不属于诗的艺术，我们就略去不谈了。

---

① 观众有生活经验，能从剧中人物的动作中，体会他们的"怜悯"与"恐惧"的情感。这样产生的属于"思想"的效力，与修辞学无关。亚理斯多德似乎在此处答复当时的修辞学家，他们十分重视情感的激发，并且认为情感的激发完全靠修辞术。
② 指"表示事物的重大或可能"。
③ 意即何必要对话，演哑剧就行了。
④ 普洛塔哥拉(Protagoras)是公元前五世纪著名的诡辩派哲人。
⑤ 见《伊利亚特》第一卷第一行。"女神"指文艺女神。"愤怒"指阿喀琉斯因同希腊联军元帅阿伽门农争吵而生的愤怒。
⑥ 亚理斯多德的意思是说：如果这句诗有了命令语气，那是朗诵者的错误，不是荷马的错误。

第二十章

言词,概括地说,包括下列各部分:简单音、音缀、连接词、[arthron]①、名词、动词、词形变化、语句。

简单音为不可分的音②,但不是指所有的不可分的音,而是指那些能组成可理解的语音③的不可分的音;动物也能发出不可分的音,但不是我所说的简单音。简单音分母音、半母音和默音。母音不借别的音的帮助即能发出可辨别的音④。半母音须借别的音的帮助才能发出可辨别的音,例如 s 和 r⑤。默音⑥本身没有声音,须借别的音的帮

---

① arthron 意为"连接词",这个词与前一词 syndesmos(即译文中的"连接词")意思重复。
② 简单音是最基本的音,或译为"字母",但亚理斯多德所侧重的是音,不是代表音的符号(即字母)。
③ "可理解的语音"相当于我们所说的"字音",包括含义的"语音"和不含义的"语音",例如一些"连接词",它们是虚字,本身不含意义,但是如果把它们安排在一定的地位上,它们就能间接地显示某种意义,参见本章第四段。
④ 母音为开口音,自成声音,不须别的音帮助。"别的音"指别的母音。或解作"不借唇舌齿的帮助"。母音共七个,即 a、ĕ、ē、i、ŏ、ō 和 u(拉丁化变为 y)。亚理斯多德没有提复母音(共十一个)。
⑤ 半母音本身有一种不可辨别的(即不清楚的)声音,须借一个母音帮助才能发出可辨别的声音,例如 s 须借 i 帮助才能发出可辨别的声音(即 si)。半母音为单子音的一种,共六个,即 l、m、n、r、s 和带鼻音的 g。
⑥ 默音为单子音的一种,共九个,即 p、k、t、b、不带鼻音的 g、d、ph、kh、th。古希腊文的子音,除了半母音和默音外,还有三个双子音,即 ks、ps 和 z(由 d 与 s 组成)。古希腊文的母音和子音共二十四个(带鼻音的 g 和不带鼻音的 g 算一个),参见 69 页注①。

助,即须借别的有声音的音的帮助,才能发出可辨别的音,例如 g 和 d。这些简单音彼此间的差别是由于嘴的发音形状或部位不同,由于送气①或不送气,由于读长音或短音,由于读高音、低音或高低音②。这些问题的详细研究属于韵律学范围③。

音缀为由默音和有声音的音组成的不含义的音④,例如 gr 不带 a 是一个音缀,正如带 a(即 gra)是一个音缀。各种音缀的研究也属于韵律学范围⑤。

连接词为某种不含义的音——例如 men、dē、toi、dě⑥——它不妨碍,也不帮助一些别的音组成一个含义的语句⑦,它可以位于它们之后或它们之中,但位于语句之首则不合适,如果这语句是独立的;或为另一种不含义的音,它能把一些含义的音组织成一个含义的语句⑧,[arthron 为一种不含义的音——它表示句子的头尾或分段,——]例如 amphi、

1457a

---

① 发音时一口气冲出。此处指发现代语文的 h(希腊文无此字母,只有"ι"符号)音,但 h 本身无音,它与后面的音联合时,则读后面的音时送一口气,例如读 a 时送一口气,即读成 ha。
② 高音符号是ˊ,低音符号是ˋ,高低音符号是 ˘ ˜ 或 ^。
③ 音的长短等与音缀有关,音缀组成音步,因此这些问题的研究属于韵律学范围。
④ "有声音的音"包括母音和半母音。默音与半母音结合而发出的音仍是"不可辨别的音"。
⑤ "各种音缀"指长音缀和短音缀。音缀构成音步,因此音缀的研究属于韵律学范围。
⑥ 这四个连接词都是不变词,是一种虚字,本身不含意义,但可起连续作用,例如 men 勉强可译为"一方面",dě 勉强可译为"另一方面",有了"一方面",应有"另一方面",所以 men、dě 可以把前后的语句连接起来,参见第 68 页注③。toi 勉强可译为"因此",dē 勉强可译为"那么"。
⑦ "别的音"指含义的音。此处"语句"原文作"音",实指语句。
⑧ 此处"语句"原文作"音",实指"语句"。

peri 及其他①。[这种不含义的音不妨碍,也不帮助一些别的音组织成一个含义的短语,它位于它们之后或它们之中。]

名词②为含义的合成音,没有时间性,它的各成分本身不含意义;我们甚至认为双字复合名词的各部分本身不含意义,例如 Theodoros 这名字中的 doron 就不含意义③。

动词为含义的合成音,有时间性,它的各成分,和名词的各成分一样,本身不含意义。"人"或"白"不表示时间,但"他走"和"他已经走了"则分别表示现在时和过去时。

词形变化指名词和动词的词形变化④,表示关系,例如"属于他""对于他"等等,或表示单数、复数,例如"人""人们",或表示语气,例如发问语气和命令语气——"他走了吗?"和"走吧!"就是这类的动词词形变化。

语句为含义的合成音,它的某些部分本身含有意义⑤。并不是每个语句都是由动词和名词组成的,例如人的定义⑥;语句虽然可以不要动词,但总须具有含义的部分⑦,例如"克

---

① amphi 是前置词,意思是"在……方面"。peri 也是前置词,意思是"在……周围"。"其他"指连接词 kai(意思是"和")以及这一类的词。以上这些词可以把"名词"或动词连接起来。此句(自"例如"起)前后的括弧里的话系伪作。
② "名词"包括名词、人称代词、指示代词、疑问代词(关系代词为连接词)、形容词、冠词和不定式动词,后六者均可作名词使用。
③ Theodoros 这名字的后半截 doros 由 doron 变来,doron 的意思是"礼物",但这字与 theo——theo 由 theos(意即神)变来——联合在一起的时候,它本身并不含有"礼物"的意思。
④ 名词的词形变化包括由形容词变来的副词,因为这种副词是形容词的词形变化,参见本页注②。
⑤ "某些部分"指语句中的名词和动词,它们含有意义,至于语句中的连接词则不含意义。
⑥ 亚理斯多德曾在《问题篇》第一卷第七章(103a 27)给人下定义,即"陆栖两脚动物",这个定义没有动词。
⑦ 意即须具有名词(名词本身含有意义)。

勒翁在行走"中的"克勒翁"①。有两种方法可以使语句成为一个整体,即使它表示一个事物,或用连接词把许多语句连接起来②,例如人的定义是一个整体,因为它表示一个事物③,而《伊利亚特》则是靠连接词而成为一个整体的④。

---

① "克勒翁"(Kleon)是专名词,它本身含有意义。
② 这样形成的整体是复合句。
③ 人的定义"陆栖两脚动物"由三部分组成,各部分表示"人"的某种特点;一些这样的部分合起来表示"一个事物",即可构成一个整体。
④ 此句意思不明白,大概是说《伊利亚特》中的句子都可以用连接词把它们连接起来。

第二十一章

名词有两种,即简单名词(所谓"简单名词",指由不含义的部分组成的名词,例如"地"①)和双字复合名词((由含义的部分与不含义的部分组成(但含义的部分处在复合名词中就失去了意义②),或由两个含义的部分组成))。此外还可能有三字复合名词、四字复合名词、多字复合名词,许多夸大的名词,例如 Hermokaikoxanthos③ 即属此类……④

1457b

字分普通字、借用字、隐喻字、装饰字⑤、新创字、衍体字、缩体字、变体字。

普通字指大家使用的字,借用字指外地使用的字⑥。

---

① "地"字原文作 gea,由不含义的 ge 和 a 两个音缀组成(缩写为 gē)。
② 例如不定式动词(名词的一种)periblepein(意思是"四面看"),其中的 peri 是前置词("四面"的意思),不含意义;blepein 是动词("看"的意思),含有意义,但在此复合名词中已失去了原来意义(由"看"转为"四面看")。参见第二十章第五段。
③ 这个三字复合名词 Hermokaikoxanthos 是由三个河名,即赫耳摩斯(Hermos)、卡伊科斯(Kaikos)和珊托斯(Xanthos)组成的。
④ 此处残缺。阿拉伯文译本作:"Hermokaikoxanthos,他向父亲宙斯祈祷。"
⑤ "装饰字"大概指同义字,例如称阿喀琉斯为珀勒伊得斯(Peleides),意即珀琉斯之子。一说指性质形容词,如"白乳"的"白"字。或解作"奇异字",指下面列举的四种字,即"新创字"等。这个解释与第二十二章第四段末尾的意思不符,因为这四种字与口语不合。
⑥ 借用字包括外国字、方言字和古字(即废字)。

因此,很明显,同一个字可能同时是借用字,又是普通字,但不是对同一个地区而言,例如 sigynon(矛)一字在塞浦路斯是普通字,在我们这里①则是借用字。

隐喻字是属于别的事物的字,借来作隐喻,或借"属"作"种",或借"种"作"属",或借"种"作"种",或借用类同字②。

借"属"作"种":例如"我的船停此","泊"是"停"的一种方式。

借"种"作"属":例如"俄底修斯曾做万件勇敢的事","万"是"多"的一种,现在借来代表"多"。

借"种"作"种":例如"用铜刀吸出血来"和"用坚硬的铜火罐割取血液",诗人借"吸"作"割",借"割"作"吸",二者都是"取"的方式③。

类同字的借用:当第二字与第一字的关系,有如第四字与第三字的关系时,可用第四字代替第二字,或用第二字代替第四字④。有时候诗人把与被代替的字有关系的字加进去,以形容隐喻字。例如杯之于狄俄倪索斯,有如盾之于阿瑞斯,因此可以称杯为狄俄倪索斯的盾,称盾为阿瑞斯的

---

① 指雅典。
② "类同字"或可译为"对应字"。借用有相似关系的类同字作隐喻,可产生新的意义,参见本页末段。
③ 前一个例子指医生用刀放血,后一个例子指医生用铜火罐吸血,即在罐中烧一点可燃之物,把罐口放在疮上,罐中空气冷却后,即能吸血。
④ 公式为乙:甲=丁:丙,可用丁代替乙,或用乙代替丁。例如老年(乙)之于生命(甲),有如黄昏(丁)之于白日(丙),可用"黄昏"(丁)代替"老年"(乙),或用"老年"(乙)代替"黄昏"(丁)。

杯。① 又如老年之于生命,有如黄昏之于白日,因此可称黄昏为白日的老年,称老年为生命的黄昏,或者像恩拍多克利那样,称为生命的夕阳②。有时候对比时没有现成的字,但隐喻字仍可借用,例如撒种子叫散播,而太阳撒光线则没有名称,但撒与阳光的关系,有如散播与种子的关系,因此有"散播神造的光线"一语。这种隐喻字还有其他用法,即借用属于另一事物的字,同时又剥夺这字某一属性,例如不称盾为"阿瑞斯的杯",而称为"无酒的杯"③……④

新创字指诗人创造的、任何地方都没有使用过的字,似乎有一些这样的字,例如称角为"芽"⑤,称祭司为"祈祷者"⑥。

衍体字指母音变长了的字或音缀增加了的字,缩体字指某部分被削减了的字。衍体字例如代替 polěos 的 polēos⑦、代替 Pelěidou 的 P elēiadeō⑧;缩体字例如 kri⑨、

1458a

---

① "杯"和"盾"是隐喻中被代替了的词,和这两个词有关系的词是"狄俄倪索斯"(酒神)和"阿瑞斯"(战神)。亚理斯多德的意思是说,把"狄俄倪索斯"一词加进去形容"盾",这样就造成了"狄俄倪索斯的盾",或把"阿瑞斯"一词加进去,这样就造成了"阿瑞斯的杯"。
② 译文根据布乞尔本译出。牛津本作:"可称黄昏为白日的老年,或者像恩拍多克利那样,称老年为生命的黄昏或生命的夕阳。"
③ 意即"阿瑞斯的无酒的杯"。
④ 此处是讨论"装饰字"的地方,原文已缺。
⑤ "芽"原文是 ernyges,源出动词 ernoomai,意即"发芽"。
⑥ "祈祷者"原文是 areter,源出动词 araomai,意即"祈祷"。《伊利亚特》第一卷第十一行阿波罗的祭司克律塞斯(Khryses)为"祈祷者"。
⑦ polěos 是 polis(城)的属格,第四字母 e 是短母音;polēos 也是 polis 的属格,第四字母 e 是长母音,此字为史诗中的古体字。
⑧ Pelěidou 是 Peleides 的属格,Peleides 意即"珀琉斯之子",指阿喀琉斯。Pelěidou 第四字母 e 是短母音,最后两个字母 ou 是复母音。Pelēiadeō 是史诗中的古体字,此字第四字母 ē 是长母音,第六字母 a 是增加的音缀,最后一个字母 ō 是长母音,此字母与前一字母 e 联合,成为一个音。
⑨ kri 意即"大麦",这个缩体字是用来代替 krithe(意即"大麦")的。

do①、ops(见 mia ginetai amphoteron ops 句中②)。

一个字如果其中一部分是保留下来的,另一部分是新创的,这个字就是变体字,例如代替 dexion 的 dexiteron(见 dexiteron kata mazon 一语中③)。

名词分阳性、阴性和中性名词。阳性名词以 n、r、s 和与 s 连在一起的字母(只有两个,即 ps 和 ks)收尾;阴性名词以始终是长读的母音(即 ē、ō)和可变长的母音(即 ā)收尾。因此阳性名词和阴性名词的收尾字母数目是相等的(ps 和 ks 作为 s 看待)④。没有一个名词以默音或始终是短读的母音⑤收尾。名词只有三个,即 meli、kommi 和 peperi⑥,以 i 收尾,只有五个⑦以 u 收尾。中性名词以这些母音及 n、r、s 收尾⑧。

---

① do 意即"房屋",这个缩体字是用来代替 dōma(意即"房屋")的。
② ops 意即"眼"、"脸"或"面貌"。这个缩体字是用来代替 opsis(意即"眼"、"脸"或"面貌")的。"mia ginetai amphoteron ops"是恩拍多克利的残诗,意思是"左右脸是一样的"。
③ dexion 和 dexiteron 均为"右方"之意,dexi 是保留下来的部分,后一字中的 ter 是新创的部分,on 是字尾。"dexiteron kata mazon"一语见《伊利亚特》第五卷第 393 行,意思是"正中右胸",形容赫拉右胸被箭射中。
④ ps 和 ks 不计算在内,所以阳性名词和阴性名词的收尾字母都是三个。
⑤ 指 ĕ 和 ŏ。
⑥ meli 意即"甘露蜜"(一种甜树脂)或"蜂蜜"。kommi 意即"树脂",此字大概是埃及字,字形(即词形)可变可不变。peperi 意即"胡椒"。此外尚有 kiki(意即"蓖麻")以 i 收尾。
⑦ 即 pōu(意即"群",指"羊群""鱼群"等)、sinapu(雅典方言作 napu,意即"芥末")、gonu(意即"膝头")、doru(意即"树干""船""矛"等)和 astu(意即"城")。此外尚有五个以 u 收尾的字,被当作古字。
⑧ "这些母音"指 i 和 u。前面所举的 meli、kommi 和 peperi,以及上注中所举的五个希腊字都是中性名词。中性名词尚有以 a 收尾者,例如 drama(意即"戏剧"),因此有人在 s 之后补充"和 a"二字。一说"这些母音"包括 a。

第二十二章

风格的美在于明晰而不流于平淡。最明晰的风格是由普通字造成的,但平淡无奇,克勒俄丰和斯忒涅罗斯①的诗风格即是如此。使用奇字,风格显得高雅而不平凡;所谓奇字,指借用字、隐喻字、衍体字以及其他一切不普通的字。但是如果有人专门使用这种字,他写出来的不是谜语,就是怪文诗:隐喻字造成谜语,借用字造成怪文诗②。把一些不可能连缀在一起的字连缀起来,以形容一桩真事,这就是谜语的概念;把属于这事的③普通字连缀起来不能造成谜语,但是把隐喻字连缀起来却可能造成,例如"一人我曾见用火把铜粘在另一人身上"④以及诸如此类的话。借用字造成的怪文诗⑤。这些字⑥应混合使用,借用字、隐喻字、装饰字以及前面所说的其他种类的字,可以使风格不致流于平凡与平淡,普通字可以使风格显得明白清晰。最能使风格既明白清晰而又不流于平凡的字,是衍体字和变体字;

① 关于克勒俄丰,参见第 5 页注⑥。斯忒涅罗斯(Sthenelus)是个悲剧诗人。
② "怪文诗"既不像希腊文诗,又不像外文诗,"借用字"参见第 72 页注⑥。
③ "属于这事的"是补充的。
④ 意即"我曾见一人利用火把铜火罐粘在另一人身上",据说这是谜语家克勒俄部利涅(Kleobouline)说的。参见第 73 页注③。
⑤ 意即"列举借用字造成的怪文诗"。例子尚未举出。
⑥ 指奇字和普通字。

它们因为和普通字有所不同而显得奇异,所以能使风格不致流于平凡,同时因为和普通字有相同之处,所以又能使风格显得明白清晰。因此那些批评家是不对的,他们对这种词汇加以指责,对采用这种词汇的诗人加以揶揄,像老欧克勒得斯①所说,如果可以任意把字加长,写诗未免太容易了;他曾用这种风格写诗来讽刺诗人,例如

$\overline{\text{E}}\text{pĭ}\text{khă}|\text{rēn}~\overline{\text{ei}}~\text{d}|\overline{\text{o}}\text{n}~\text{Mă}\text{ră}|\text{thō}\text{nă}\text{dĕ}|\text{bā}\overline{\text{di}}|\text{zō}\text{ntă},$ ②

又如

$\overline{\text{ou}}\text{k}~\overline{\text{a}}\text{n}|\text{g'}~\overline{\text{e}}\text{ră}\text{mĕ}|\text{nō}\text{s}~\text{tō}\text{n}|\overline{\text{e}}\text{kei}|\overline{\text{nou}}~~\text{ĕllĕ}|\text{bō}\text{rŏn}.$ ③

这样露骨地使用这个手法,诚然荒唐。每一种奇字的使用都要有分寸;滥用隐喻字、借用字或其他奇字,以引人发笑,都会产生同样效果。但是适当地使用这些字却完全是另一回事;若于史诗中插进普通字,就可以看出其间的差别。若用普通字代替借用字、隐喻字或他种奇字,也可以看

---

① 此处所说的欧克勒得斯(Eukleides)大概是墨加拉人,为苏格拉底的门弟子,他曾在墨加拉设立学校,传授修辞术。一说是公元前403年任雅典执政官的欧克勒得斯,他曾改良字母,研究语言学。

② 此行共十五个音缀。第一音缀中的E、第六音缀中的o、第十三音缀中的i和第十四音缀中的o,都是短母音,但因为短母音之后有两个子音,或因为短母音占据音步的首位,所以都作为长母音读。此行及下一行本是散文,但可读成六音步长短短格史诗诗行。短母音占据音步首位,变为长母音,称为破格,荷马诗中有此破格,但极少用。此行的意思是:"我曾见厄庇卡瑞斯走向马拉松。"厄庇卡瑞斯(Epikhares)这名字的直接目的格为Epikharen。马拉松(Marathon)在阿提刻东北部,距雅典城约四十二公里。

③ 此行共十四个音缀。第二音缀中的a、第三音缀中的e、第十三音缀中的o,都是短母音,但因为短母音之后有两个子音,或因为短母音占据音步的首位,所以都作为长母音读。参见本页注②。此行的意思是:"情人不他的黑藜芦。"抄本有错误,意思不明白。"不"字大概是"不买"之意。黑藜芦是泻药,据说可治疯病。

出我所说的是真理。试举例说明:埃斯库罗斯和欧里庇得斯各写过一行只有一字之差的六音步短长格的诗,此字按照习惯是个普通字①,欧里庇得斯却采用了一个借用字,使这行诗由平淡化为神奇。埃斯库罗斯在他的悲剧《菲罗克忒忒斯》中是这样写的:

> 这毒疮吃了我腿上的肉,②

欧里庇得斯却用"饱餐"一词代替"吃了"③。或者采用普通字,把

> 如今一个短小丑陋的弱者竟把我④

改为:

> 如今一个矮小难看的废物竟把我,

或者把

> 给他摆一只丑陋的凳子、一张短小的餐桌⑤

改为:

> 给他摆一只破烂的凳子、一张矮小的餐桌,

---

① 埃斯库罗斯所采用的 esthiei(意即"吃了")一词是个隐喻字,但一般习惯把它当作普通字。
② 见埃斯库罗斯的残诗第 253 段。《菲罗克忒忒斯》(*Philoktetes*)剧中的英雄菲罗克忒忒斯曾被毒蛇咬伤,以致腿上生烂疮,十年不愈。
③ 欧里庇得斯这行诗见他的残诗第 792 段,可译为"这毒疮拿我腿上的肉来饱餐"。
④ 见《奥德赛》第九卷第 915 行,该行的最后一个字与此处所引用的不同。圆目巨人说,矮子俄底修斯竟把他的眼睛弄瞎了,参见第 6 页注③。
⑤ 见《奥德赛》第二十卷第 259 行。俄底修斯的儿子忒勒马科斯(Telemakhos)给他摆桌子。

或者把

> 海岸在啸①

改为：

> 海岸在叫。

阿里佛剌得斯经常挖苦悲剧演员使用口语中没有人讲的短语②，例如"离房屋远"（代替"远离房屋"）③、"汝之"④、"我娶伊"⑤、"阿喀琉斯周围"⑥（代替"围绕阿喀琉斯"⑦）以及诸如此类的短语。所有这类短语不属于普通短语范围，正因为如此，它们才能使风格不致流于平凡；阿里佛剌得斯却不懂得这个道理。

1459a

适当地使用上面所说的各种字⑧以及双字复合字和借用字是很重要的事，但尤其重要的是善于使用隐喻字，惟独此中奥妙无法向别人领教；善于使用隐喻字表示有天才，因为要想出一个好的隐喻字，须能看出事物的相似之点⑨。

---

① 见《伊利亚特》第十七卷第 265 行。
② 阿里佛剌得斯（Ariphrades）是个竖琴师。他挖苦演员乱改对话中的短语。"悲剧演员"或解作"悲剧诗人"。
③ "离房屋远"为"远离房屋"的倒装句法，古希腊人认为这种句法较有诗意。
④ "汝之"是诗中用的古语。
⑤ 此语见索福克勒斯的悲剧《俄狄浦斯在科罗诺斯》（*Oidipous epi Kolonoi*）第 986 行。"娶"字是补充的。"伊"字是诗中使用的字眼。
⑥ 古希腊人认为"周围"放在名词后面比放在名词前面较有诗意。参见上文"离房屋远"。
⑦ 原文作"周围阿喀琉斯"，意即"阿喀琉斯周围"。
⑧ 指衍体字、缩体字和变体字。
⑨ 意即须能不大相似的事物中看出它们的相似之点。

双字复合字最宜于用来写酒神颂①,借用字最宜于用来写英雄诗②,隐喻字最宜于用来写短长格的诗③。在英雄诗里,上面所说的各种字都可以使用,但是在短长格的诗里,由于这种诗体竭力模仿口语,所以适用的字限于日常谈话中使用的字,即普通字、隐喻字和装饰字④。

关于悲剧,即借动作来模仿的艺术,我们所讲的已经够了。

---

① 《诗学》讨论词汇和风格时,只此处提及抒情诗,即酒神颂,但酒神颂在亚理斯多德的时代已经半戏剧化了(参见第1页注③)。《诗学》讨论词汇和风格时所举的例子,都是从悲剧的对话及《荷马史诗》中举来的,没有一个是从悲剧的合唱歌中举来的。由此可见《诗学》中所说的"言词"是指对话。
② 指六音步长短格的史诗。
③ 指戏剧中的三双音步短长格的对话。
④ 欧里庇得斯的对话中的词汇最接近口语;至于埃斯库罗斯的对话中的词汇则为诗的词汇,与口语相去甚远。

第二十三章

现在讨论用叙述体和"韵文"来模仿的艺术①。显然,史诗的情节也应像悲剧的情节那样,按照戏剧的原则安排,环绕着一个整一的行动,有头,有身,有尾,这样它才能像一个完整的活东西,给我们一种它特别能给的快感②;显然,史诗不应像历史那样结构,历史不能只记载一个行动,而必须记载一个时期,即这个时期内所发生的涉及一个人或一些人的一切事件,它们之间只有偶然的联系。(在时间的顺序中,有时候一桩事随另一桩事而发生,却没有导致同一个结局,正如萨拉弥斯海战与西西里的卡耳刻冬战争同时发生③,但没有导致同一个结局。)几乎所有的诗人都这样写作④。惟有荷马的天赋的才能,如我们所说的,高人一等⑤,从这一点上也可以看出来:他没有企图把战争整个写出来,尽管它有

---

① 指史诗。
② 此处所说的"快感"是审美的快感,由史诗的完整的结构而引起的。第十四章第一段所说的悲剧的快感,则是由悲剧引起怜悯与恐惧之情而产生的。
③ 希腊人于公元前480年在萨拉弥斯(Salamis,旧译作萨拉米)海湾击败波斯海军。据希罗多德的《希腊波斯战争史》第七卷第166节所载,西西里的希腊人于同一天在该岛北岸击败卡耳刻冬(Karkhedon)人的袭击。卡耳刻冬人即非洲北部的迦太基(Carthage)人。
④ "诗人"指史诗诗人。在亚理斯多德看来,几乎所有的史诗诗人都成了编年史家(因为他们都描写一个时期中的所有的事件),惟有荷马是例外。
⑤ 亚理斯多德曾在第八章第一段称赞荷马把《奥德赛》的情节安排得很好。

始有终。因为那样一来,故事就会太长,不能一览而尽;即使长度可以控制,但细节繁多,故事就会趋于复杂。荷马却只选择其中一部分,而把许多别的部分作为穿插,例如船名表和其他穿插,点缀在诗中①。别的史诗诗人或写一个人物②,或写一个时期,即一个枝节繁多的行动,例如《库普里亚》的作者和《小伊利亚特》的作者③。因此《伊利亚特》或《奥德赛》④只足供一出,至多两出悲剧的题材,而《库普里亚》和《小伊利亚特》则可供好几出〔八出以上,比方说,可供一出《甲仗的评判》、一出《菲罗克忒忒斯》、一出《涅俄普托勒摩斯》、一出《欧律皮罗斯》、一出《伪装乞丐》、一出《拉开奈》、一出《伊利翁的陷落》和一出《归航》的题材,还可供一出《西农》和一出《特洛亚妇女》的题材〕⑤。

1459b

---

① 《伊利亚特》只取特洛亚战争第十年中的一段故事(阿喀琉斯的愤怒及其后果)作为核心,这个核心是整一的,可以一下子掌握。荷马把十年战争中的其他故事,例如侦察敌情、决斗,作为穿插,因此他能于一段战争中表现十年战争的全貌。《伊利亚特》第二卷叙述希腊各城邦参战的船只。

② 参见第八章第一段。

③ 《库普里亚》(Kypria)写特洛亚战争的起因,《小伊利亚特》写特洛亚的陷落,均已失传,不悉为何人所作。

④ 指《伊利亚特》和《奥德赛》的核心故事。

⑤ 埃斯库罗斯有一出悲剧名叫《甲仗的评判》,已失传,写希腊人把阿喀琉斯遗下的甲仗判给俄底修斯,索福克勒斯的《埃阿斯》也写这个故事。现存的《菲罗克忒忒斯》是索福克勒斯的悲剧,写俄底修斯和涅俄普托勒摩斯(Neoptolemos)到一个岛上去找菲罗克忒忒斯,要把他带到特洛亚。尼科马科斯(Nikomakhos)和索福克勒斯各有一剧名叫《涅俄普托勒摩斯》,写涅俄普托勒摩斯到达特洛亚的故事,均已失传。索福克勒斯有一出悲剧,名叫《欧律皮罗斯》(Eurypylos),已失传。此处所说的欧律皮罗斯若不是指忒勒福斯与特洛亚国王普里阿摩斯(Priamos)的姐妹阿斯堤俄刻(Astyokhe)的儿子(为涅俄普托勒摩斯所杀),便是指希腊英雄欧律皮罗斯——欧埃蒙(Euaimon)的儿子,曾在特洛亚战争中受伤。《伪装乞丐》指俄底修斯伪装乞丐到特洛亚城内侦察敌情的故事,(转下页)

阿喀琉斯照顾受伤的朋友

(接上页)此处所说的大概不是已写成的剧本。索福克勒斯有一出悲剧名叫《拉开奈》(*Lakainai*,意即《斯巴达妇女》),已失传,写俄底修斯和狄俄墨得斯到特洛亚城里去盗取雅典娜的偶像的故事。索福克勒斯的儿子伊俄丰(Iophon)有一出悲剧名叫《伊利翁的陷落》,已失传。"归航"大概指希腊人于使用木马计时,假意撤兵,把船只撤至忒涅多斯(Tenedos)岛,一说指希腊人的凯旋;此处所说的《归航》大概不是已写成的剧本。索福克勒斯有一出悲剧名叫《西农》(*Sinon*),已失传,写希腊人西农骗特洛亚人把木马推进城的故事。此段(自"八出"起)疑是伪作。"八出以上"指《小伊利亚特》可供八出以上。"以上"一词及末句(自"还可"起)疑是出自另一人的手笔。

第二十四章

((再则,史诗的种类也应和悲剧的相同,即分简单史诗、复杂史诗、"性格"史诗和苦难史诗;史诗的成分[缺少歌曲与"形象"]也应和悲剧的相同,因为史诗里也必须有"突转"、"发现"与苦难。① 史诗的"思想"和言词也应当好。荷马第一个运用这一切种类和成分②,而且运用得很好。他的两首史诗各有不同的结构,《伊利亚特》是简单史诗兼苦难史诗,《奥德赛》是复杂史诗(因为处处有"发现"③)兼"性格"史诗;此外,这两首诗的言词与"思想"也登峰造极。))④

但史诗在长短与格律方面与悲剧不同。⑤ 关于长短,前面所说的限度就算适当了⑥:长度须使人从头到尾一览

---

① 悲剧分复杂剧、苦难剧、"性格"剧和穿插剧(参见第十八章第二段)。史诗的穿插又多又长,可以说每一首史诗都是穿插史诗,因此亚理斯多德改用"简单史诗"。此处所说的"成分"指"突转"与"发现"(此二者合而为一个成分)、苦难、"性格"和穿插(与第五章末段及第六章所指的"成分"是两回事),因此可以断定"缺少歌曲与'形象'"一语系伪作。参见第61页注③及第62页注②。
② 包括"思想"与言词。
③ 《奥德赛》中的主人公俄底修斯曾经先后被圆目巨人、淮阿刻斯人(Phaiakes)以及俄底修斯自己家里的人"发现"。
④ 此段谈史诗与悲剧相同之点,应属于上一章。
⑤ 第五章第三段说起三点差别,包括叙述体。此处没有讨论叙述体,因为这是二者的基本差别,但本章曾几次点明,史诗采用叙述体,史诗是叙事诗。亚理斯多德不但不强调这个基本差别,反而强调史诗的戏剧性,参见本章第四段。
⑥ "前面"指第七章第三段,该处所说的是理想的长度,也适用于史诗,然而史诗又不可能严格遵守。

而尽,如果一首史诗比古史诗短,约等于一次听完的一连串悲剧①,就合乎这条件。但史诗有一个非常特殊的方便,可以使长度分外增加。悲剧不可能模仿许多正发生的事,只能模仿演员在舞台上表演的事;史诗则因为采用叙述体,能描述许多正发生的事,这些事只要联系得上,就可以增加诗的分量②。这是一桩好事〔可以使史诗显得宏伟〕,用不同的穿插点缀在诗中,可以使史诗起变化〔听众〕;③单调很快就会使人腻烦,悲剧的失败往往由于这一点。

---

① "古史诗"指《荷马史诗》,其他的古史诗都比较短。此处所说的"一首史诗"与"古史诗"均指其中的核心故事而言;《荷马史诗》以外的史诗,不是传记式史诗,便是编年史诗,其中均无核心故事。"一连串悲剧"大概指同一天上演的三出悲剧(一说指"三部曲"),共约 4000 行;亚理斯多德似乎把萨堤洛斯剧也作为悲剧看待,如果加上一出萨堤洛斯剧,则共约 5000 行。《伊利亚特》15693 行,《奥德赛》约 12105 行,但《伊利亚特》的核心故事约只 4300 行,《奥德赛》的核心故事只 4000 行,参见第 60 页注③。

② "正发生的事"或解作"同时发生的事"。但悲剧和史诗一样,也能表达许多同时发生的事,例如《阿伽门农》中的传令官报告特洛亚被攻陷与被洗劫,这两件事和守望人在该剧开场时所望见的信号火光是同时发生的。亚理斯多德的意思是说,舞台上表演一场戏之后,时间即成过去,因此悲剧不能把许多过去的事作为正发生的事来模仿,而讲故事的诗人则能使时间倒退,回头叙述许多事,而且可用"现在时"叙述,仿佛那些事正在发生。有人认为亚理斯多德在此处暗示"地点的整一"(即三整一律中的"地点整一律")。因为讲故事的诗人能使地点变换,即假定他是在许多不同的地方;悲剧则只能表演舞台上,即一个地点上所发生的事。可是古希腊舞台并不老是代表同一个地点,亚理斯多德并没有说舞台所代表的地点是不能变换的。所谓"联系得上"指《奥德赛》中的穿插与主人公俄底修斯联系得上,《伊利亚特》中的穿插与特洛亚战争联系得上,参见第十七章第二段。

③ "可以使史诗显得宏伟"疑是伪作,这句话大概是用来解释 ogkos 的,因为这个字除了"分量"(见上句,指"长度"和"宏伟")的意思外,还有"浮夸"的意思。"不同的穿插"指不同于主要情节的穿插。"可以使史诗起变化"或解作"而且可以提起观众的兴趣"。

至于格律,经验证明,以英雄格①最为适宜。如果用他种格律或几种格律②来写叙事诗,显然不合适。英雄格是最从容最有分量的格律③(因此最能容纳借用字④与隐喻字);叙事诗和其他诗体形式也不同⑤;短长格与四双音步长短格很急促,前者适合于表现行动,后者适合于舞蹈⑥。如果像开瑞蒙那样混用各种格律,那就更荒唐⑦。因此,从来没有人用英雄格以外的格律来写长诗⑧。叙事诗的性质,如我们所说的那样,使我们选择适宜的格律。⑨

1460a

　　荷马是值得称赞的,理由很多,特别因为在史诗诗人中惟有他知道一个史诗诗人应当怎么样做。史诗诗人应尽量少用自己的身份说话;否则就不是模仿者了。其他的史诗诗人却一直是亲自出场,很少模仿,或者偶尔模仿。荷马却在简短的序诗之后,立即叫一个男人或女人或其他人物出场,他们各具有"性格",没有一个不具有特殊的

---

① 指六音步长短短格。
② 指几种"韵文"的格律。亚理斯多德只承认三种"韵文",参见第2页注③。
③ 英雄格所以最从容最有分量,是由于所占时间较长,每音步包括一个长音缀、两个短音缀,这两个短音缀所占的时间与一个长音缀所占的时间大致相等。
④ 参见第72页注⑥。
⑤ "形式也不同"指叙事诗比较长,能容纳许多穿插。
⑥ 参见第四章末段最后部分。
⑦ 意即用短长格或四双音步长短格来写史诗已不合适,若混用各种格律,则更不合适。关于开瑞蒙,参见第一章第三段最后部分及第3页注④。
⑧ 指叙事诗,即史诗。叙事诗所以很长,是由于其中有许多穿插。
⑨ 悲剧的对话性质使诗人找到合乎口语的短长格律;史诗的叙述性质使诗人找到合乎叙述语气的长短短格律。"如我们所说的"指第四章第二段、该章末段最后部分及本段前一部分论格律的话。

"性格"。①

惊奇是悲剧所需要的,史诗则比较能容纳不近情理的事(那是惊奇的主要因素)②,因为我们不亲眼看见人物的动作。赫克托耳被追赶一事,如果在舞台上表演(希腊人站着不动,不去追赶,阿喀琉斯向他们摇头③),就显得荒唐;但是在史诗里,这一点却不致引人注意。惊奇给人以快感,这一点可以这样看出来:每一个报告消息的人都添枝添叶,以为这样可以讨听者喜悦。

把谎话说得圆主要是荷马教给其他诗人的,那就是利用似是而非的推断。如果第一桩事成为事实或发生,第二桩即随之成为事实或发生,人们会以为第二桩既已成为事实,第一桩也必已成为事实或已发生(其实是假的)④;因此,尽管第一桩不真实,但第二桩是第一桩成为事实之后必然成为事实或发生的事,人们就会把第一桩提出来⑤;因为如果我们知道第二桩是真的,我们心里就会做似是而非的推断,认为第一桩也是真的,例如洗脚一景中的

---

① 《伊利亚特》和《奥德赛》均有简短的序诗,荷马在序诗中用自己的身份说话,主要是介绍主题。荷马在《伊利亚特》第二卷叙述船只之前,也曾用自己的身份说话。亚理斯多德很称赞《荷马史诗》的戏剧性,把荷马当作一个戏剧开创者看待,参见第四章第二段。"其他人物"指神祇。
② 悲剧中的惊奇应意外地发生而又有因果关系(即近乎情理),而且应把它摆在主要情节里,参见第九章末段。史诗中的惊奇属于另外一种,它不近情理。
③ 阿喀琉斯在特洛亚城下追赶赫克托耳,他向希腊兵士摇头,不让他们向赫克托耳投掷标枪,免得他们夺去了他的战功,参见《伊利亚特》第二十二卷第205至206行。
④ 括弧里的话或解作:"这是错误地推断。"
⑤ 意即把第一桩当作真事提出来。

推断①。

因此,一桩不可能发生而可能成为可信的事②,比一桩可能发生而不可能成为可信的事更为可取;但情节不应由不近情理的事组成③;情节中最好不要有不近情理的事;如果有了不近情理的事,也应该把它摆在布局之外(例如在《俄狄浦斯王》剧中,俄狄浦斯不知道拉伊俄斯是怎样死的)④,而不应把它摆在剧内⑤(像《厄勒克特拉》剧中传达皮托运动会的消息⑥,或者像《密西亚人》剧中有人从忒革亚到密西亚,一路上没有说过一句话⑦)。如果说这样一来

---

① 伪装乞丐的俄底修斯在洗脚之前告诉他的妻子珀涅罗珀,他从前是个富有的人,曾款待过俄底修斯,为了证明这事,他提起俄底修斯当时穿的衣服,参见《奥德赛》第十九卷第164至307行。珀涅罗珀知道他所说的关于衣服的事是真的,因此错误地推断,认为这乞丐一定看见过俄底修斯。
② 一桩不可能发生的事,只要处理得好,可能成为一桩可信的事,例如俄底修斯被放在岸上一事,参见本章末段。
③ 意即不要把不近情理的事(即不可能发生的事)摆在主要情节里。
④ 参见第十五章第二段最后部分及第50页注④。
⑤ 意即不要把它摆在主要情节内。
⑥ 此处所说的《厄勒克特拉》是索福克勒斯的悲剧,该剧中的保姆向克吕泰墨斯特拉报告假消息,说她儿子俄瑞斯忒斯在皮托(Pytho)运动会上撞车毙命(第660行以下一段)。亚理斯多德在此处批评索福克勒斯不应在英雄剧里描写皮托运动会,因为俄瑞斯忒斯是英雄时代(公元前十三至十二世纪)的人物,而皮托运动会则是公元前586年才开办的。皮托是阿波罗的圣地得尔福(Delphoi,旧译作特尔斐)的别名,得尔福在希腊中部福喀斯(Phokis,旧译作佛西斯)境内。
⑦ 《密西亚人》(Mysoi)大概是埃斯库罗斯的悲剧,已失传。此处所说的人物指忒勒福斯。忒勒福斯的母亲奥革(Auge)是忒革亚(Tegea)国王阿琉斯(Aleus)的女儿、雅典娜庙上的女祭司,他父亲是赫剌克勒斯。奥革后来嫁给密西亚(Mysia)国王透特剌斯(Teuthras)。忒勒福斯特别从希腊到密西亚去寻找他的父母。密西亚在小亚细亚西北部,忒革亚在伯罗奔尼撒的阿耳卡狄亚境内。

就会破坏布局①,那就未免荒唐;那样布局根本不应该。但是,如果已经采用了不近情理的事,而且能使那些事十分合乎情理,甚至一桩荒诞不经的事也是可以采用的②。在《奥德赛》中,俄底修斯被放在岸上这一不近情理的事③,如果是一个拙劣的诗人作的,显然会使人不耐心听;但荷马却用他的别的特长加以美化④,把这事的荒诞不经掩饰过去了。但雕琢的词藻,只应用于行动停顿,不表示"性格"与"思想"的地方;因为太华丽的词藻会使"性格"与"思想"模糊不清⑤。

1460b

---

① 诗人本来想用不近情理的事(即不能发生的事)布局;他认为如果不让他用,或者不让他把这种事摆在布局之内,他的布局就会垮台。
② 译文根据布乞尔的改订译出。牛津本作:"如果诗人已经采用了这样的布局,而听众看出他本来可以把它写得较情近理些,他就不但显得荒唐,而且犯了艺术上的错误。"
③ 俄底修斯乘坐的船被冲上岸,水手们把他移到岸上,然后乘船而去,俄底修斯却一直酣睡未醒(参见《奥德赛》第十三卷第113至115行)。
④ 荷马竭力用华丽的词藻描写夜航和俄底修斯的家乡伊塔刻的景色。
⑤ 前面称赞荷马使用华丽的词藻,此处点明词藻不可随便使用。俄底修斯被冲上岸一景不表现行动,也不表现俄底修斯的"性格"与"思想"。

第二十五章

现在讨论疑难和反驳。① 它们的种类和性质,可从下面的观点看出来。

诗人既然和画家与其他造型艺术家②一样,是一个模仿者,那么他必须模仿下列三种对象之一:过去有的或现在有的事、传说中的或人们相信的事、应当有的事。这些事通过文字来表现,文字还包括借用字和隐喻字③;此外还有许多起了变化的字④,可供诗人使用。

再则,衡量诗和衡量政治正确与否,标准不一样⑤;衡量诗和衡量其他艺术正确与否,标准也不一样。在诗里,错误分两种:艺术本身的错误和偶然的错误。如果诗人挑选某一件事物来模仿……而缺乏表现力,这是艺术本身的错

---

① 亚理斯多德在此章论批评家的无理责难和反驳他们的方法。此章中引用的指责大半是左伊罗斯(Zoilos)和其他批评家对荷马的攻击。"疑难"指诗中的疑难字句,批评家对这些字句加以指责。"反驳"指对批评家的指责的反驳。
② "画家"指肖像画家,"其他造型艺术家"指肖像雕刻家。
③ "文字"本已包括普通字。或改订为"或用普通字或用借用字和隐喻字"。
④ 指第二十一章第十段所说的衍体字和缩体字以及该章第十一段所说的变体字。
⑤ "政治"指"社会道德"。亚理斯多德把"政治"作为生活与行为(即社会道德)的艺术(参见第 22 页注⑤),其中包括诗的艺术及其他艺术,因为诗是描写人的生活与行为的艺术(参见第六章第四段),二者有关系,但衡量它们正确与否,标准不一样。

误。① 但是，如果他挑选的事物不正确，例如写马的两只右腿同时并进，或者在科学（例如医学或其他科学）上犯了错误，或者把某种不可能发生的事写在他的诗里，这些都不是艺术本身的错误。② 在反驳批评家对疑难字句提出的指责时，须注意这些前提。

先谈对艺术本身的指责。如果诗人写的是不可能发生的事，他固然犯了错误；但是，如果他这样写，达到了艺术的目的（所谓艺术的目的前面③已经讲过了），能使这一部分或另一部分诗更为惊人④，那么这个错误是有理由可辩护的。例如赫克托耳被追赶一事⑤。但是，如果不牺牲技术的正确性，也能，甚至更能达到目的，那么上面所说的错误就没有理由可辩护；因为诗人应当尽可能不犯任何错误。我们并且要问诗人所犯的是何种错误，是艺术本身的错误，还是偶然的错误？不知母鹿无角而画出角来⑥，这个错误并没有画鹿画得认不出是鹿那样严重。

其次，如果有人指责诗人所描写的事物不符实际，也许他可以这样反驳："这些事物是按照它们应当有的样子描写

---

① 抄本残缺，意思不明白。此句指诗人无力表现他心目中想像的事物。
② "如果他挑选的事物不正确"指诗人心目中想像的事物不正确。或解作："如果诗人本来想把事物写得正确，而由于缺乏表现力，没有办到，这是艺术本身的错误；如果他本来就有意把事物写得不正确（例如描写马两只右腿同时并进），以致科学（例如医学或其他科学）上的错误或某种不可能发生的事在他的诗里出现了，这就不是本质的错误。"
③ 指第九章末段、第十四章第一段等处。
④ 参见第九章末段中所说的弥堤斯雕像的故事，那是一件不可能发生的事，但是非常惊人。
⑤ 参见第二十四章第五段。
⑥ 一些古希腊画家画出有角的母鹿，一些古希腊诗人——例如品达（Pindaros）、索福克勒斯、欧里庇得斯——也描写母鹿有角。

的",正像索福克勒斯所说,他按照人应当有的样子来描写,欧里庇得斯则按照人本来的样子来描写。如果上面两个说法都不行,他还可以这样辩解:有此传说,例如关于神的传说,那些传说也许像塞诺法涅斯所说,不宜于说,不真实①;但是有此传说。有时候诗中的描写也许并不比实际更理想,但在当时却是事实,例如这句描写武器的诗"他们的矛,尾端向下,直竖在地上"②,那是当时的习惯,今日伊吕里斯人③的习惯仍然如此。

1461a

在判断一言一行是好是坏的时候,不但要看言行本身是善是恶,而且要看言者、行者为谁,对象为谁,时间系何时,方式属何种,动机是为什么,例如要取得更高的善,或者要避免更坏的恶。

对于其他指责,只须考查一下文字,就能反驳。

借用字,例如:

先射 ourees,

此句中的"ourees"大概指"哨兵",不是指"骡子"。④ 又如

---

① 塞诺法涅斯(Xenophanes)是公元前六世纪末叶哲学家和诗人,他首先批评荷马诗中的神不真实、不道德。
② 见《伊利亚特》第十卷第152至153行。这句诗写狄俄墨得斯的兵士于睡觉时把矛插在地上,尾端向下,矛的尾端有一个尖的钉子,所以矛可以这样插在地上。这办法相当危险,因为矛倒下来可能伤人。
③ 伊吕里斯(Illyris)人住在希腊西北部。
④ "先射 ourees"见《伊利亚特》第一卷第50行。阿波罗先射"ourees",使希腊军中发生瘟疫。"ourees"指骡子,因此批评家问:"为什么先射骡子?"回答是:"ourees"是个借用字(大概是方言字,参见第72页注⑥),相当于普通字"ouros",指哨兵,不是指骡子。但荷马的原诗是:
　　先射 ourees 和善跑的狗,
可见"ourees"是指骡子。

形容多隆的诗句:

> 他模样怪,

这不是说他身体变形,而是说他面貌丑陋;因为克里特人用"模样好"来形容面貌漂亮。① 又如

> 把酒兑 zoros 一点,

不是说兑浓一点(好像为酒徒兑酒一样),而是说兑快一点。②

隐喻字:例如

> 其他的神和……人
> 整夜睡眠,③

但荷马同时又说:

---

① "他模样怪"见《伊利亚特》第十卷第316行,全行的意思是"他模样怪,但是腿跑得快"。批评家问:"多隆(Dolon)既然变形,他怎么能跑得快?"回答是:"荷马不是说他变形,而是说他面貌丑陋。"因为"模样"是个借用字(外国字,即克里特字,参见第72页注⑥),不是指体形,而是指面貌。克里特是希腊南边的岛屿。
② "把酒兑 zoros 一点"见《伊利亚特》第九卷第203行。阿喀琉斯叫帕特洛克罗斯(Patroklos)兑酒,款待前来讲和的使者。古希腊人喝淡酒,酒里要兑水,通常兑两倍水。"兑 zoros 一点"意即"兑纯一点"(浓一点之意)。批评家问:"这些使者不是酒徒,为什么要兑浓一点?"回答是:"不是说兑浓一点,而是说兑快一点。"
③ 见《伊利亚特》第二卷第1至2行。第2行下半行是"只有宙斯睡得不香甜"。这两行诗被亚理斯多德引用错了。此处应当引用《伊利亚特》第十卷第1至2行,即
> 阿开俄斯(Akhaios)军其他将领都在船旁
> 整夜睡眠,

这两行只说阿开俄斯军(即希腊军)的将领们在睡眠,没有说所有的将士都在睡眠。下面第3至4行的意思是:
> 但是阿伽门农、阿特柔斯之子、兵士的牧者,
> 睡得不香甜。

> 每当他向特洛亚平原眺望,
> ……
> 还有双管箫和排箫的闹声。①

此处的"所有的"一词是个隐喻字,用来代表"多","所有的"是"多"的一种。② 又如

> 惟独她还没有,

此句中的"惟独"一词也是个隐喻字,因为"最著名的"称为"惟一的"。③

语音④:像塔索斯人希庇阿斯那样解答

---

① 见《伊利亚特》第十卷第12和14行。此卷第13至14行的意思是:
> 他觉得奇怪,伊利翁面前还有许多火光,
> 还有双管箫声、排箫声和兵士的闹声。

此处的"他"字指阿伽门农(不是指宙斯)。《诗学》中的"还有双管箫和排箫的闹声"一语是引用错了的,应当引用"还有双管箫声、排箫声"。

② "其他的"(参见第93页注③)一词含有"所有的"之意。批评家问:"既然所有的兵士都睡了,谁在吹箫?"回答是:"'所有的'一词是个隐喻字,属于种,此处'借种作属',用来代表'多',不是指所有的兵士。"其实,就第十卷而论,荷马并没有犯错误,因为他只说将领们在睡眠,并没有说兵士们也都在睡眠。

③ "惟独她还没有"见《伊利亚特》第十八卷第489行,该行的意思是"惟独她还没有在俄刻阿诺斯(Okeanos)河中沐浴"。"她"指大熊星座。俄刻阿诺斯是环绕大地的河流(古希腊人相信大地是一块大圆饼),星座于下沉之后,入此河沐浴。荷马诗中还说起一些别的星座。批评家问:"诗中所说的其他星座,当时都没有下沉,荷马为什么只说大熊星座没有下沉?"回答是:"'惟独'一词是个隐喻字,属于属,此处'借属作种',用来代表'最著名的',而'最著名的'一词则属于种,是'惟独'的一种方式;其他星座没有大熊星座这样著名,不为人们所熟悉,所以荷马用最著名的星座代表所有的星座。"

④ "语音"指读高音、低音、高低音;送气,不送气;读长音、短音。

和

>didomen dé hoi

>tò mèn ou katapýthetai ómbroi

中的疑难①。

词句的划分:例如恩拍多克利的诗:

>突然间,原来不灭之物成为可灭,
>纯粹之物原来混杂。②

字义含糊:例如

---

① 希庇阿斯(Hippias)是公元前五世纪下半叶的人。第一句原文见《伊利亚特》第二十一卷第297行,意思是"我们让你",即"我们让你得到荣誉"之意。这本是海神波塞冬安慰阿喀琉斯的话。亚理斯多德在《辨谬误篇》(*Sophistikoi Elenkhoi*)第四章166b1把这句话作为《伊利亚特》第二卷第15行。第二卷开头写宙斯派梦神去骗阿伽门农,怂恿他向特洛亚进攻。据现存抄本,宙斯向梦神说的最后一句话是"特洛亚人的苦难临头了",但据已失传的古代抄本,这句话的意思却是"我们让他",即"我们让他得到荣誉"之意。批评家问:"'我们让他得到荣誉'是句谎话,这句话出自宙斯的嘴,岂不是叫宙斯撒谎?"希庇阿斯的意思是说,把高音符号(´)由第一音级移到第二音级,把didomen变为不定词didómen (didónai的古体字),而这不定词又作为命令语气使用,意思是"让他",即"让他得到荣誉吧"之意。按照这个读法,让阿伽门农得到荣誉的是梦神,因此撒谎的是梦神,不是宙斯。第二句原文见《伊利亚特》第二十三卷第328行,意思是"树桩并没有被雨水烂掉"。诗中说地上有一根干枯的橡树桩或松树桩。批评家问:"谁能相信干枯的树桩没有被雨水烂掉?"希庇阿斯的意思是把句中的oû(意即"没有",牛津本作hoû,应改订为oû)改为hoû(读时送气,参见第69页注①),意思是"它的",即"树桩的",于是这句话的意思变为"树桩的一部分被雨水烂掉"。

② 在原诗里,此行"纯粹之物原来混杂"中的"原来"一词插在中间,可以形容前面的字,也可以形容后面的字。批评家认为"原来"一词形容"混杂",把这句诗解作:"原来混杂之物成为纯粹,"因此这样问:"恩拍多克利的意思本来是,自然界的各种元素彼此混在一起之后,成为可灭之物;他这行诗岂不是和他的理论矛盾?"回答是:"此行在'来'字之后划分,不在'物'字之后划分(等于在'来'字之后加一逗点符号),所以这句话的意思是:'原来纯粹之物成为混杂。'"

Paróikhēken dè pléō nýks,

此句中的 pleiō 意义含糊。①

字的习惯用法：兑了水的酒仍然叫酒，因此有

新锻炼的锡的胫甲②

一语；制造铁器的人叫"铜匠"③，因此伽倪墨得斯被称为

宙斯的斟酒人，

虽然神们不喝酒。这个例子属于隐喻字范围。④

当字的意义和上下文似有矛盾的时候，应考查这个字在该段诗里可能有多少种意义，例如

铜矛在那一层上面 eskheto，

---

① 此句原文见《伊利亚特》第十卷第 252 行，意思是"夜的整已经过去"。此行及第 253 行总的意思是："夜的整三分之二已经过去，只剩三分之一了。"但由于 pleiō（pleiō 是 pleō 的另一拼法）意义含糊（可解作"以上"或"整"），又可解作"夜的三分之二以上已经过去，只剩三分之一了"，因此批评家问："既然过了三分之二以上，怎么还能剩三分之一呢？"回答是："pleiō 在此处作'整'字解"，即"夜的整三分之二"之意。

② 这句诗见《伊利亚特》第二十一卷第 592 行。批评家问："锡胫甲是很软的东西，怎么能保护小腿？"回答是："胫甲是锡与铜的合金制成的；合成物由其中比较重要的成分而得到名称；酒水合成物叫酒，所以锡铜合成物叫锡。"

③ 铁匠与铁的关系，有如铜匠与铜的关系，因此可称铁匠为铜匠，或制造铁器的铜匠。"铜匠"在此句中是个类同式隐喻字，参见第二十一章第八段及第 73 页注②。

④ "宙斯的斟酒人"见《伊利亚特》第二十卷第 234 行。伽倪墨得斯（Ganymedes）是特洛亚王子，长得很漂亮，众神把他弄到天上，叫他给宙斯斟酒。神们的饮料是仙露，不是酒，因此批评家问："神们不喝酒，为什么称伽倪墨得斯为宙斯的斟酒人？"回答是："神与仙露的关系，有如人与酒的关系，因此可以称仙露为酒，或神们喝的酒，也可以称伽倪墨得斯为宙斯的斟酒人。""酒"在此处是个类同式隐喻字（参见第二十一章第八段及第 73 页注②），因此"斟酒人"也是个类同式隐喻字。称斟仙露的人为斟酒人，有如称制造铁器的人为铜匠。

我们要看"在那一层上面 kolythenai"一语可能有多少种意思,应当是这种还是那种;①这个办法和格劳孔②所描述的恰恰相反,他说,"有的批评家从一些不近情理的假定出发,他们先设下一条对诗人不利的假定,然后由此推断;他们把自己想出来的意思作为诗人所说的,如果他们认为这意思和他们对事物的看法不合,他们就指责诗人。"关于伊卡里俄斯③的疑难就是这么一回事。批评家假定这人是拉孔人④,因此觉得奇怪,为什么忒勒马科斯到拉刻代蒙没有和他见面⑤?但是事实也许像刻法勒尼亚⑥人所说:俄底修斯娶他们的族人为妻,这女人的父亲叫伊卡狄俄斯⑦,不叫伊卡里俄斯。因此这个疑难或许是由于误会而引起的。

1461b

(一般说来,写不可能发生的事,可用"为了诗的效果""比实际更理想""人们相信"这些话来辩护。为了获得诗的效果,一桩不可能发生而可能成为可信的事,比一桩可能

---

① 此处所引的诗句见《伊利亚特》第二十卷第 272 行。埃涅阿斯(Aineas)的矛刺穿了阿喀琉斯的盾牌的两层铜,在金子制的第三层上面被挡住了。eskheto 这字意思很多,例如"被粘住""被抓住""被挡住"等。如果解作"被粘住"或"被抓住",则矛尖必已刺穿了黄金层。只有解作"被挡住了",才不致引起意义上的矛盾。kolythenai 意即"被挡住",亚理斯多德在此处把它作为 eskheto 的同义字。
② 格劳孔(Glaukon)是公元前五世纪末四世纪初的人,大概是个雅典人,曾有著作论诗人。
③ 伊卡里俄斯(Ikarios)是斯巴达国王。
④ 拉孔人(Lakon)即斯巴达人。
⑤ 忒勒马科斯是俄底修斯的儿子,曾赴拉刻代蒙(Lakedaimon)(即斯巴达)打听他父亲的消息。这些批评家认为荷马在《奥德赛》中没有写忒勒马科斯和他外祖父伊卡里俄斯见面,是一个缺点。
⑥ 刻法勒尼亚(Kephallenia)岛在爱奥尼亚(Ionia)海东南部,在俄底修斯的家乡伊塔刻岛西南。
⑦ 伊卡狄俄斯(Ikadios)是刻法勒尼亚国王。

发生而不能成为可信的事更为可取。像宙克西斯所画的人物是……①但是这样画更好,因为画家所画的人物应比原来的人更美。②)不近情理的事,可用"有此传说"一语来辩护;或者说在某种场合下,这种事并不是不近情理;因为可能有许多事违反可能律而发生。③

分析诗人的话中的矛盾,须像分析论辩会上对方的反驳一样,先看他的话是不是指同一桩事,是不是有同样关系④,是不是有同样意思,然后断定他现在所说的话和他先前所说的话,或者和一个有智力的人所领悟的诗中的意思有矛盾⑤。

但是,如果不近情理的情节或性格的卑鄙没有必要,没有用处,应当受指责,这种不近情理的情节,可举欧里庇得斯的《埃勾斯》里不近情理的情节为例⑥,性格的卑鄙可举《俄瑞斯忒斯》剧中的墨涅拉俄斯的卑鄙为例⑦。

批评家的指责分五类,即不可能发生,不近情理,有害

---

① 抄本残缺。布乞尔本补订为"或许是不可能有的"。宙克西斯所画的和波吕格诺托斯所画的同样是理想的人物,但宙克西斯的人物没有"性格",参见第六章第六段。据说宙克西斯画海伦的像时,用五个美女作模特儿,把各人的美集中在一人身上。
② 参见第十五章第三段。
③ 没有更好的理由来反驳时,只好这样说。参见第十八章第三段。
④ 指某句话与上下文或与该诗另一段的关系。所谓"有同样关系",指与上下文或与他段无矛盾。
⑤ 这句话挖苦本章第十四段提及的"有的批评家"。
⑥ 一般注释者认为此处所指的是欧里庇得斯的《美狄亚》剧中的埃勾斯(Aigeus)一景(第663至758行),他们认为亚理斯多德的意思是说,埃勾斯来得太突然,不近情理,而且这人物并不是布局所必需的。但是埃勾斯曾答应让美狄亚到他的城邦(雅典)避难,因此埃勾斯的出现,使美狄亚得到安身之地;美狄亚有了安身之地,她的报仇计划(杀害公主和国王)才得成熟,才能执行。也有人认为此处所指的是欧里庇得斯的悲剧《埃勾斯》里某一个不近情理的情节。
⑦ 参见第十五章第一段及第49页注①。

处①,有矛盾和技术上不正确。反驳的时候,须注意上述各点,一共十二点②。

---

① 指本章第五段中的"不宜于说"(意即不道德),"不比实际更理想"(意即照样做有害处),参见第 92 页注②和第 95 页注①("叫宙斯撒谎")。
② 大概指下列十二点:(一)艺术本身的错误,(二)偶然的错误,(三)过去有或现在有的事,(四)传说中的或人们相信的事,(五)应当有的事,(六)借用字,(七)隐喻字,(八)语音,(九)词句的划分,(十)字义含糊,(十一)字的习惯用法,(十二)一字多义。各家注本所统计的十二点不尽相同。

第二十六章

也许有人会问,史诗和悲剧这两种模仿形式,哪一种比较高。① 如果说比较不庸俗的艺术比较高,而比较不庸俗的总是指高等听众所欣赏的艺术,那么,很明显,模仿一切的则是非常庸俗的艺术。② 有的演员以为不增加一些动作,观众就看不懂,因此,他们扭捏出各种姿态,例如拙劣的双管箫吹手模仿掷铁饼就扭来转去,演奏《斯库拉》③乐章就把歌队长乱抓乱拖。有人说④,悲剧就是这类的艺术,有如老辈演员眼中的后辈演员:明尼斯科斯时常称呼卡利庇得斯作"无尾猿",因为他演得太过火了,品达也时常遭受类似的批评。⑤

---

① 亚理斯多德在本章回答他在第四章第四段开头提出的问题,即就悲剧形式本身和悲剧形式跟观众的关系来考察,悲剧的形式是否已趋于完美,所谓"完美",指与史诗的形式比较,算不算得完美。
② 译文根据抄本译出。"一切"指姿态、动作、声音等。这句话大概是柏拉图说的,柏拉图曾在《理想国》第三卷攻击模仿一切的人(参见《柏拉图文艺对话集》),并且在《法律篇》第二卷中(658c)认为史诗高于悲剧。牛津本改订为:"为一般人所欣赏的模仿艺术则是庸俗的艺术。"
③ 参见第49页注②。
④ "有人说"是补充的。"人"大概指柏拉图,参见本页注②。
⑤ 明尼斯科斯(Mynniskos)是演埃斯库罗斯的悲剧的演员。卡利庇得斯(Kallippides)是公元前五世纪末叶的演员。此处所说的品达是一位演员(大概是公元前五世纪末叶的人),不是那位著名的写颂歌的诗人。亚理斯多德大概曾听柏拉图于评论史诗与悲剧的优劣时(参本页注②),列举这些演员的表演艺术来说明问题。柏拉图少年时看过他们的表演,他可以称他们为"老辈"与"后辈";亚理斯多德却没有看过他们的表演。

整个悲剧艺术之于史诗,有如后辈演员之于老辈演员。有人说,史诗是给有教养的听众欣赏的——他们不需要姿势的帮助——而悲剧则是给下等观众欣赏的。如果悲剧是庸俗的艺术,显然比史诗低了。

但是,第一,这不是对诗的艺术的指责,而是对演唱者①的艺术的指责;因为史诗朗诵者手舞足蹈,也可能做得过火,索西斯特剌托斯②就是如此;参加竞赛的歌手手舞足蹈,也可能做得过火,俄普斯人谟那西忒俄斯③就是如此。其次,并不是所有的动作都通不过④,否则连舞蹈也通不过;只是模仿下贱的人物的动作才通不过,卡利庇得斯就因为模仿这种动作而受到指责,一些当代演员也因为模仿下贱的女人而受到指责。再则,悲剧跟史诗一样,不依靠动作也能发挥它的力量;因为只是读读,也可以看出它的性质⑤。所以,如果悲剧在其他方面⑥都比较优越,这个指责就不是它必须承受的。因为悲剧具备史诗所有的各种成分⑦(甚至能采用史诗的格律⑧),此外,它还具备一个不平

---

① 包括演员、歌手与朗诵者。
② 索西斯特剌托斯(Sosistratos)已不可考。
③ 谟那西忒俄斯(Mnasitheos)已不可考。俄普斯(Opous)在罗克里斯(Lokris)境内。
④ 意即经过审查,通不过。
⑤ "不依靠动作"即不依靠表演之意。悲剧的性质在于严肃,悲剧通过严肃的行动以引起怜悯与恐惧之情。
⑥ 指下面所说的四个方面。
⑦ 悲剧所以比史诗优越,是由于这一点及下述三点。关于"成分",参见第二十四章第一段。
⑧ 指六音步长短短格,例如索福克勒斯的悲剧《特剌喀斯少女》(*Trakhiniai*)第1009行、《菲罗克忒忒斯》第840行、欧里庇得斯的悲剧《特洛亚妇女》第590行。

凡的成分,即音乐〔和"形象"〕①,它最能加强我们的快感;其次,不论阅读或看戏,悲剧都能给我们很鲜明的印象;还有一层,悲剧能在较短时间②内达到模仿的目的(比较集中的模仿比被时间冲淡了的模仿更能引起我们的快感,试把索福克勒斯的《俄狄浦斯王》拉到《伊利亚特》那样多行,再看它的效果③);甚至史诗诗人写的有整一性的诗,也不及拉长了的《俄狄浦斯王》这样能引起我们的快感④;如果他们只写一个情节,不是写得很简略而像被截短了似的,就是达到标准的长度,但仍然像被冲淡了似的⑤。这一点可以这样看出来:任何一首史诗,不管哪一种,都可供好几出悲剧的题材⑥,我所指的是由好几个行动构成的史诗⑦,例

1462b

---

① "和'形象'"疑是伪作,因为"不平凡的成分"是单数。亚理斯多德曾在第六章末段说,"形象"跟诗的艺术关系最浅,他大概不会在这里提"形象"。

② 指演出时间。

③ "再看它的效果"是补充的。

④ 译文根据抄本译出。"拉长了的《俄狄浦斯王》"是补充的。拉长了的《俄狄浦斯王》仍然是一出好戏,虽然已不像原来的作品那样能引起我们的快感。一首有整一性的史诗所以不及一出拉长了的悲剧这样能引起我们的快感,是由于史诗有许多很长的穿插。牛津本改订为"再则,史诗诗人的模仿在整一性上比较差",这是一个新的论点,与前面及此段末尾对《荷马史诗》的整一性的称赞相矛盾。

⑤ 史诗的主要情节的标准长度是4000行左右(参见第85页注①),如果只写2000行,听众会感到不满足,认为长度被削减了。即使达到4000行左右,但由于史诗须有许多很长的穿插,因此整首诗仍然像被冲淡了似的。

⑥ 此句(自"这一点"起)根据厄尔斯的改订,由"这样能引起我们的快感"后面移至此处。任何一首史诗都可以分写为好几出悲剧,由此可以看出它的情节不集中,而是被冲淡了似的。"不管哪一种"意即不管是传记式史诗、编年史诗或《荷马史诗》。

⑦ 一首史诗所以能分写为好几出悲剧,是由于它是由好几个行动构成的,特别是传记式史诗和编年史诗。

如《伊利亚特》〔和《奥德赛》〕就有许多这样的部分①,各部分有自己的体积②,但这首史诗〔和一些这类的史诗〕的结构却十分完美,它所模仿的行动非常整一。③

如果悲剧在这几方面胜过史诗,而且在艺术效果方面也胜过史诗(这两种艺术不应给我们任何一种偶然的快感,而应给前面说的那种快感④),那么,显而易见,悲剧比史诗优越,因为它比史诗更容易达到它的目的。

关于悲剧和史诗本身及其种类、它们的成分的数量和彼此间的差别、评论它们的优劣的理由以及关于批评家对

---

① "和《奥德赛》"疑是伪作,因为此段尾上所说的"这首史诗"是单数。"这样的部分",指可以供好几出悲剧的题材的部分。《伊利亚特》只写特洛亚战争的一部分,但其中的穿插则写战争的其他部分,参见第二十三章及第82页注①。在亚理斯多德看来,此诗的结构不及《奥德赛》,因为诗中的穿插只是与战争有关系,而与阿喀琉斯及其愤怒的关系往往不甚密切;至于《奥德赛》中的穿插则与诗中主人公有密切关系。《伊利亚特》中的穿插曾被写出许多出悲剧。
② 意即各部分的体积不在主要情节之内。
③ 此段有些为辩论而辩论。亚理斯多德既说悲剧不必依靠演出,又提起与演出有关的音乐。音乐与演出有关,不能属于此段中所说的"其他方面"。亚理斯多德既提起史诗的结构没有悲剧的集中,又要为荷马辩护。
④ "前面说的那种快感"有两种解释。第一种指第十四章第一段所说的"特别能给的快感",这种快感是由悲剧引起我们的怜悯与恐惧之情,通过诗人的模仿而产生的。此处所指大概是这一种快感。可疑之点在于《诗学》中并没有提及史诗也能引起怜悯与恐惧之情,而且第十三章第一段还肯定这是悲剧的"特殊功能"。可是第二十四章第一段曾提及"复杂史诗",而第十一及十三章曾说明复杂的结构最能引起怜悯与恐惧之情,可见史诗也能引起怜悯与恐惧之情。第二种解释指第二十三章开头所说的"特别能给的快感",即由布局的完美而引起的审美的快感。

它们的指责和对这些指责的反驳,我所要谈的就是这些。……①

---

① 现存的《诗学》至此处中断。《诗学》有无第二卷,各说不一,但亚理斯多德曾谈及他在第六章第一段答应要谈的喜剧,则无疑问。而且"我所要谈的就是这些"一语,在亚理斯多德的著作中通常是用来结束前面的话,以便转入其他题目的。

译 后 记

《诗学》著者亚理斯多德(今通译为亚里士多德),于公元前384年生在马其顿的斯塔革拉城。公元前367年,他赴雅典,在柏拉图门下求学,后来兼任讲学任务。这时期他写的有关文艺理论的著述,有《诗人篇》和《修辞学篇》两篇对话,均已失传。公元前347年,柏拉图死后,亚理斯多德离开雅典。公元前342年,他接受马其顿王腓力的邀请,作亚历山大的师傅。公元前335年,他重赴雅典,在吕刻翁学院讲学,《修辞学》和《诗学》大概是这时期写成的。这时期他还写了《论荷马史诗中的疑难》一文,已失传,并与别人合作,写了一本《戏剧录》,记载剧名、作者名字、演出年代和演出比赛的成败。原著已失传,但曾被许多人引用,现存的古希腊剧本中的"说明",便是根据这些材料而写成的。马其顿王亚历山大死后,由于亚理斯多德有亲马其顿之嫌,环境于他不利,他因此于公元前322年再度离开雅典,于同年死在优卑亚岛。

《诗学》原名《论诗的》,意即《论诗的艺术》,应译为《论诗艺》。亚理斯多德根据人类活动的区别,把科学划分为三类:第一类为理论性科学,包括数学、物理学、形而上学等;第二类为实践性科学,包括政治学、伦理学等;第三类为创造性科学,包括诗学和修辞学。他认为理论性科学是为知识而知识,只有其他两门科学才有外在的目的,实践性科学指导行动,创造性科学指导创作活动。亚理斯多德因此把诗学和修辞学作为门徒于学业将完成时才学习的功课，这两门功课的目的在于训练门徒成为诗人和演说家。他的门徒中只有忒俄得克忒斯一人成了悲剧诗人。

《诗学》是亚理斯多德的美学著作，是欧洲美学史上第一篇最重要的文献，并且是马克思主义美学产生以前主要美学概念的根据。阿里斯托芬和柏拉图的文艺理论不成系统；亚理斯多德才是第一个用科学的观点、方法来阐明美学概念，研究文艺问题的人。在《诗学》中，他先确定研究的对象是诗，指出诗和其他艺术的异同，然后把诗分类，分析各种诗的成分和各成分的性质，逐步找规律，探索各种诗的创作原则。当时古希腊文艺已经历过一段黄金时期，成就已很可观，因此他有可能根据已发展的科学和哲学理论，对古希腊的文艺实践和成就做出精细的分析和扼要的总结，提出一套有系统的美学理论。

《诗学》现存二十六章，主要讨论悲剧和史诗。据三世纪人狄俄革涅斯·拉厄耳提俄斯所说，《诗学》共两卷。第二卷已失传，该卷可能论及喜剧①。一说并无第二卷。至于抒情诗，古希腊人认为属于音乐；大概因为其中没有布局，所以亚理斯多德在《诗学》中没有论及抒情诗。

现存《诗学》分五部分。第一部分为序论，包括第一至五章。亚理斯多德先分析各种艺术所模仿的对象（在行动中的人）、模仿所采用的媒介和方式；由于对象不同（好人或坏人），媒介不同（颜色、声音、节奏、语言或音调），方式不同（叙述方式或表演方式），各种艺术之间就有了差别。亚理斯多德进而指出诗的起源。他随即追溯悲剧与喜剧的

---

① 亚理斯多德曾在《诗学》第六章答应以后讨论喜剧，并且曾在《修辞学》中提及《诗学》中对笑的种类有分析。

历史发展。

第二部分包括第六至二十二章。这部分讨论悲剧,亚理斯多德先给悲剧下个定义,然后分析它的成分,特别讨论情节和"性格",最后讨论悲剧的写作,特别讨论词汇和风格。

第三部分包括第二十三至二十四章。这部分讨论史诗。

第四部分,即第二十五章,讨论批评家对诗人的指责,并提出反驳这些指责的原则与方法。

第五部分,即第二十六章,比较史诗与悲剧的高低,结论是:悲剧能在较短的时间内产生艺术的效果,达到模仿的目的,因此比史诗高。

《诗学》针对柏拉图的哲学思想和美学思想,就文艺理论上两个根本问题,做了深刻的论述。第一个问题是文艺对现实的关系问题。柏拉图认为物质世界的事物(例如木匠制造的特殊的床)只是理念世界的事物(例如床之所以为床的那个床)的摹本,而艺术作品(例如画家所画的床)则是理念世界的事物的摹本的摹本。床之所以为床的那个床的理念,即床之所以为床的道理,不依赖于物质世界的事物而存在,它是永恒不变的,惟有它才是真实的。木匠根据床的理念所制造的特殊的床,只模仿到理念的床的某些方面,这个床没有普遍性(床与床不同),而且转瞬即逝,所以不是真实的。至于画家临摹木匠制造的特殊的床而画出来的床,则只是那个床的外形,不是实质,所以更不真实,只能算"摹本的摹本""和真理隔着三层"(用我们的话来说,是隔着两层)。① 柏拉图这样否定了物质世界的真实性,否定

---

① 参见《柏拉图文艺对话集》的前言(朱光潜著),人民文学出版社1959年版,第5至6页。

了艺术作品的真实性,而文艺的认识作用则更无从谈起了。

亚理斯多德抛弃了柏拉图的唯心主义观点,而采取唯物主义观点,尽管他是个不彻底的唯物主义者。在他看来,脱离特殊并先于特殊而独立存在的普遍(即所谓"理念")是没有的,也是不可能的,实际存在着的是木匠制造的特殊的床;不能设想,在看得见的床之外,还存在着普遍的床。这个原则推翻了柏拉图的理念论的唯心主义哲学的基础。亚理斯多德肯定了现实世界是真正的存在,因此模仿现实世界的文艺也是真实的,这就肯定了文艺的认识作用,肯定了文艺能教导人了解生活。《诗学》第四章中"他们(指人们——笔者注)最初的知识就是从模仿得来的"一语,可作为文艺的认识作用的论证。

模仿说把现实世界看作文艺的蓝本,认为文艺是模仿现实世界的。这是古希腊的传统说法,赫拉克利特就曾说艺术模仿自然,德谟克里特也曾说人由于模仿鸟类的歌唱而学会了唱歌①。柏拉图采取了这个说法,但改变了它原来的朴素的唯物主义的涵义。他认为艺术所模仿的只是虚幻的现象世界的事物某些方面的外形,而现象世界的事物又不是真实的。亚理斯多德则认为艺术也反映现实世界事物所具有的必然性(或可然性)和普遍性,即它们的内在本质和规律。他把艺术的创作过程当作模仿,认为模仿的对象是事件、行动、生活(《诗学》第六章)。他所说的模仿是再现和创造的意思。亚理斯多德认为艺术家赋予形式于材料,他的模仿活动就是创造活动。他认为诗人应创造合乎

---

① 参见《古希腊罗马哲学》,三联书店1957年版,第19页及112页。亚理斯多德也曾在《气象学》和《物理学》中说"艺术模仿自然",但他的意思是:艺术模仿大自然的创造过程。

必然律或可然律的情节①，反映现实中的本质的、普遍的东西。在亚理斯多德看来，模仿不是抄袭，不仅反映现实世界的个别表面现象，而且揭示事物的内在本质和规律，因此艺术有认识作用。这个看法是亚理斯多德对美学思想最有价值的贡献之一。

亚理斯多德并且认为艺术比普通的现实更高。他在第九章说：

> 诗人的职责不在于描述已发生的事，而在于描述可能发生的事，即按照可然律或必然律可能发生的事。历史家与诗人的差别不在于一用散文，一用"韵文"；希罗多德的著作可以改写为"韵文"，但仍是一种历史，有没有韵律都是一样；两者的差别在于一叙述已发生的事，一描述可能发生的事。因此，写诗这种活动比写历史更富于哲学意味，更被严肃地对待；因为诗所描述的事带有普遍性，历史则叙述个别的事。所谓"有普遍性的事"，指某一种人，按照可然律或必然律，会说的话，会行的事……

历史叙述已发生的事，其中一些出于偶然，不合乎可然律或必然律，彼此间没有内在的联系。诗描述可能发生的事，这些事合乎可然律或必然律，也就是合乎事物发展的规律。诗要在特殊人物的事迹中显出普遍性，因此诗比历史更高。这个原理接触到普遍性与特殊性的辩证关系，并且包含着典型性的萌芽思想。古希腊的历史大都是编年纪事（例如修昔底德的《伯罗奔尼撒战争史》按冬夏编排），其中的内在联系和因果关系不甚显著，因此亚理斯多德没有看出历史也应揭示事物发展的规律。

此外，亚理斯多德还认为艺术可使事物比原来的更美。

---

① 参见第九章第一段。

他在第十五章说:

> 既然悲剧是对于比一般人好的人的模仿,诗人就应该向优秀的肖像画家学习;他们画出一个人的特殊面貌,求其相似而又比原来的人更美;诗人模仿易怒的或不易怒的或具有诸如此类的气质的人〔就他们的"性格"而论〕,也必须求其相似而又善良。

所谓人物"必须求其相似而又善良",就是说人物必须理想化,比一般人更善良。亚理斯多德认为诗应按照人应当有的样子来描写。这是艺术来源于现实而又高于普通的现实的美学原则,亚理斯多德已接触到这个原则,虽然没有做深刻的论述。

第二个问题是文艺的社会功用问题。柏拉图在《理想国》第十卷把情感当作人性中"卑劣的部分""无理性的部分"。他攻击诗人"逢迎人性中卑劣的部分""逢迎人心的无理性的部分""摧残理性",使它失去控制情感的作用。他攻击诗人想餍足听众的快感——"哀怜癖";他指出"如果我们拿旁人的灾祸来滋养自己的哀怜癖,等到亲临灾祸时,这种哀怜癖就不容易控制了"。根据上述理由,柏拉图对诗人下了一道逐客令,但准许诗的卫护者,就是自己不做诗而爱好诗的人们,用散文替诗做一篇辩护,证明诗不但能引起快感,而且对于城邦和人生都有效用。

亚理斯多德接受了这个挑战。他对情感提出不同的看法。第一,他认为情感是人应当有的,他曾在《尼科马科斯伦理学》头几卷一再说明,一个人不可无所畏惧。第二,他认为情感是受理性指导的①,他曾在《诗学》第十三章第一段指出,怜悯与恐惧之情是受理性指导的,它使观众怜悯某

---

① 参见第38页注④。亚理斯多德在《尼科马科斯伦理学》第一卷第十三章(1102b 32)说,情感是"听从理性的"。

些人物,不怜悯某些人物。第三,他肯定情感是对人有益的。

亚理斯多德在《诗学》第六章提起悲剧的功用。他说:

> 悲剧是对于一个严肃、完整、有一定长度的行动的模仿;它的媒介是语言,具有各种悦耳之音,分别在剧的各部分使用;模仿方式是借人物的动作来表达,而不是采用叙述法;借引起怜悯与恐惧来使这种情感得到陶冶。

"陶冶",原文是"卡塔西斯"(katharsis),作宗教术语是"净化"("净罪")的意思;作医学术语过去一直认为只是"宣泄"的意思。自从文艺复兴以来,许多学者对"卡塔西斯"提出了各种不同的解释,这些解释可分为两大类。第一类是净化说,持此说的人大致可分为三派。第一派认为悲剧的卡塔西斯作用在于净化怜悯与恐惧中的痛苦的坏因素,好像把怜悯与恐惧洗涤干净,使心理恢复健康。持此说的人很多,但所谓"痛苦的坏因素",究竟是指什么,他们始终没有讲清楚。亚理斯多德在《修辞学》第二卷第五章把怜悯界定为"一种痛苦的感觉,其原因是由于人看见一种足以引起破坏或痛苦的灾祸落到不应遭受的人头上"。并且他在同一章把恐惧界定为"一种痛苦的或恐慌的感觉,其原因是由于人想象有某种足以引起破坏或痛苦的灾祸即将发生"。可见亚理斯多德并不是认为怜悯与恐惧中有痛苦的坏因素,而是认为这两种情感本身就是痛苦。如果要净化它们,就得把它们整个化掉,这就等于把亚理斯多德的学说抛掉。

第二派认为悲剧的卡塔西斯作用,在于净化怜悯与恐惧中的利己的因素,使它们成为纯粹利他的情感,换句话说,在于使观众忘掉自我,对全人类的共同命运发生怜悯与恐惧之情。第三派认为悲剧的卡塔西斯作用在于净化剧中人物的凶杀行为的罪孽,例如凶杀行为出于无心,因此凶手可告无罪。

第二类是宣泄说,持此说的人也大致可分为三派。第一派认为悲剧的卡塔西斯作用在于以毒攻毒,认为怜悯与恐惧是病态的情感,需要采用"致病医病疗法"来医治,例如宗教狂可用狂热的宗教音乐来医治。这一派以亚理斯多德的《政治学》第八卷第七章中的一段话为根据。亚理斯多德在该处主要谈音乐的卡塔西斯作用。他说:"有些人容易受宗教狂支配,我们可以看见他们听了那种使灵魂激动的音调,在神圣的乐调的影响之下恢复正常状态,仿佛受到了一种医疗,即卡塔西斯作用。至于那些易受怜悯、恐惧及其他情感支配的人也应当受到类似的医疗。"持以毒攻毒说的人把这个理论原封不动地运用到悲剧上面,这是一个错误;因为亚理斯多德只是说受怜悯与恐惧支配的人应当受到"类似的医疗",也就是说,受怜悯与恐惧支配的人所受的卡塔西斯作用与受宗教狂支配的人所受的卡塔西斯作用只是类似,而不是完全相同。因此悲剧的卡塔西斯作用不可能等于以毒攻毒。

第二派认为人们有要求满足他们的强烈的怜悯与恐惧之情的欲望,人们在看悲剧时,这些欲望便得到满足,他们发生这两种情感,把它们发泄,在发泄的过程中感到快感,人们心理上的要求得到满足之后,情感便趋于平静。第三派认为重复激发怜悯与恐惧之情,可以减轻这两种情感的力量,从而导致心理的平静。

以上六派的说法都没有足够的说服力,都没有能从亚理斯多德的思想得到圆满的说明①。

---

① 参见《卡塔西斯笺释》一文,见《剧本》,1961年11月号。

卡塔西斯在《诗学》第六章无疑是借用医学术语；亚理斯多德曾在《政治学》第八卷第七章把这个词作为"医疗"的同义语。但悲剧的医疗作用应从亚理斯多德的伦理思想中去求得解释。亚理斯多德的伦理学的中心思想是"中庸之道"。他认为美德须求适中，情感须求适度。他在《尼科马科斯伦理学》第二卷第六章说：

> 如果每一种技艺之所以能做好它的工作，乃由于求适度，并以适度为标准来衡量它的作品（因此我们在谈论某些好作品的时候，常说它们是不能增减的，意即过多和过少都有损于完美，而适度则可以保持完美）；如果，像我们所说，优秀的艺术家在创作的时候总是求适度，如果美德比任何技艺更精确更好，正如自然比任何技艺更精确更好一样，那么美德也必善于求适中。我所指的是道德上的美德；因为这种美德与情感及行动有关，而情感有过强、过弱与适度之分。例如恐惧、勇敢、欲望、愤怒、怜悯以及快感、痛苦，有太强太弱之分，而太强太弱都不好；只有在适当的时候、对适当的事物、对适当的人、在适当的动机下、在适当的方式下所发生的情感，才是适度的最好的情感，这种情感即是美德。

这段话可帮助我们正确地理解悲剧的卡塔西斯作用。亚理斯多德在这段话里指出，恐惧与怜悯太强太弱都不好，须求其适度。亚理斯多德认为悲剧的卡塔西斯作用就是使它们成为适度的情感。他并且认为情感的强弱不是天生的，而是由习惯养成的。他在《尼科马科斯伦理学》第二卷第一章说："道德上的美德没有一种是天生的；因为没有一种天性能被习惯所改变。"但什么是"道德上的美德"呢？亚理斯多德在《尼科马科斯伦理学》第二卷第六章说"美德乃善于求适中的中庸之道"。既然一切美德都是由习惯养成的，那么作为美德之一的适度的情感也必然是由习惯养成的。既然适度的情感是由习惯养成的,那么过强与过弱的情感也必然是由习惯养成的。要改变一种旧的习惯,最好的方法是养成一种新的习惯。亚理斯多德即根据这一原理,提出使太强或太弱的情感转变的方法,即多次使人"在适当的时候、对适当的事物、对适当的人、在适当的动机下、在适当的方式下",发生适度的情感。观众刚进入剧场时,他们的太强或太弱的情感尚处于潜伏状态中。但是随着剧情的发展,他们的情感就起了波动,他们对剧中人物正在遭受或即将遭受的苦难表示怜悯之情;因为剧中人物是与观众相似的善良的人,他们遭受了不应遭受的苦难。然而这种怜悯之情不是一发不可收拾的,而是有一定限度的;因为剧中人物之所以陷于厄运,不是由于他们为非作恶,而是由于他们看事不明,犯了错误(第十三章),因此他们对于他们所受的苦难,应负一部分责任。观众想起自身也可能遭受同样的苦难,因此发生恐惧之情,但这种情感也是有限度的,因为观众以为自己可以小心翼翼,把事情看清楚一些。至于那些过于幸福、无所畏惧而不易动怜悯之情的人以及那些自以为受尽人间苦难而不再有所畏惧,不能动怜悯之情的人,看了悲剧,也会由于剧中的情节而感觉自己的幸福并不稳定,或者看见人间还有比自己更痛苦的人,因而发生一点怜悯之情,同时也就发生一点恐惧之情。以上这几种人所发生的怜悯与恐惧之情都是受理性指导的,都是比较适度的。观众看一次悲剧,他们的感情受一次锻炼;经过多次锻炼,即能养成一种新的习惯。每次看戏之后,他们的怜悯与恐惧之情恢复潜伏状态;等到他们在实际生活中看见别人遭受苦难或自身遭受苦难时,他们就能有很大的忍耐力,能控制自己的情感,使它们发生得恰如其分,或者能激发自己的情感,使它们达到应有的适当的强度。这就是悲剧的卡塔西斯作用。因此这个医学术语,在这里是指悲剧引起怜悯与恐惧之情,使它们经过锻炼,达到适度的意思①,而不是把怜悯与恐惧之情加以净化或宣泄。我们姑且按照这里的解释,把《诗学》第六章中的"卡塔西斯"一词译为"陶冶"。

要之,亚理斯多德认为悲剧能陶冶人的情感,使之合乎适当的强度,借此获得心理的健康,可见悲剧(也就是文艺)对社会道德有良好影响。在这一点上,亚理斯多德的学说,作为对柏拉图的否定文艺的社会功用的学说的批判,是很有功劳的。

亚理斯多德认为悲剧能给我们以快感(第十四章第一段)。他认为"人对于模仿的作品总是感到快感"(第四章第一段),由于我们欣赏艺术作品时,一方面是在求知(这就是文艺的认识作用)。此外,他还认为情节的安排、文字、颜色与音乐的美等等也能给我们以快感。他这样肯定文艺的审美价值,也就是对柏拉图否定文艺的快感,贬低文艺的价值的一个有力的答复。

还有,柏拉图认为诗人凭灵感而创作。他所说的灵感是由神凭附在诗人身上而引起的,神使诗人处于迷狂状态中,暗中操纵他去创作,使他成为自己的代言人。因此诗人对于现实世界的事物只知其然而不知其所以然。柏拉图还认为灵感是不朽的灵魂从前生带来的回忆②。亚理斯多德却认为诗要靠天才,不靠灵感或疯狂。"灵感"一词在《诗

---

① 在医学上也有求适度的疗法,例如热病用凉药,凉病用热药,使体温趋于平衡。
② 参见《柏拉图文艺对话集》的前言,人民文学出版社1959年版,第18至21页。

学》中一次也没有出现过。① 亚理斯多德在第十七章说：

> 诗人在安排情节、用言词把它写出来的时候……还应竭力用各种语言方式把它传达出来。被情感支配的人最能使人们相信他们的情感是真实的，因为人们都具有同样的天然倾向，惟有最真实的生气或忧愁的人，才能激起人们的愤怒和忧郁。（因此诗的艺术与其说是疯狂的人的事业，毋宁说是有天才的人的事业；因为前者不正常，后者很灵敏。）

亚理斯多德认为文艺作品的创造过程是理性的活动，他所要求于诗人的是清醒的理智。他在同一章说：

> 诗人在安排情节、用言词把它写出来的时候，应竭力把剧中情景摆在眼前，惟有这样，看得清清楚楚——仿佛置身于发生事件的现场中——才能做出适当的处理，绝不至于疏忽其中的矛盾。

亚理斯多德认为诗的起源有两个原因，都本于人的天性。第一个原因是模仿的本能，第二个原因是音调感和节奏感②。他说："起初那些天生最富于这种资质的人，使它一步步发展，后来就由临时口占而作出了诗歌（第四章）。"可见诗有其自然产生的原因，而不是由于灵感的作用。这又是对柏拉图的一个有力的答复。

此外亚理斯多德谈悲剧时不谈命运，不谈人对神的关系（他谈伦理学或政治学时也是如此）。他认为悲剧中英雄人物遭受的苦难，一方面不完全由于自取，另一方面又有

---

① 亚理斯多德曾在他的《修辞学》第三卷第七章（1408b 13 以下）说"诗是一种灵感的东西"，但亚理斯多德是在该处陈述一般人对诗的看法，不是表示他自己的意见。
② 参见《诗学》第四章第一段。

几分由于自取,由于他看事不明,犯了错误,而不是由于命运。事之成败,取决于人的行为;英雄做事,自己担当,而不应归咎于命运。命运不过是一种外在的力量,把它引入悲剧,会削弱布局的内在联系。

有人认为古希腊悲剧多半是命运悲剧,这个看法不很正确。由于在氏族社会时期,人们相信神的力量,认为神主掌一切,因此产生了命运观。其实所谓命运,用我们的话来说,乃实际生活中的社会关系的必然性,但这种必然性是古希腊人所不能理解的,他们把它幻想为神或命运。到了公元前六世纪末至公元前五世纪期间,古希腊的氏族制度已经完全解体,城邦制度已经建成,当时的希腊人对社会关系的必然性有了初步的理解,认识到个人的幸福与不幸是由于自己的行为,而不完全是由于神或命运,因此他们便不大相信命运了,但命运观仍存在于哲学思想和少数文学作品中。在现存的古希腊悲剧中,只有埃斯库罗斯的《普罗米修斯》《七将攻忒拜》、索福克勒斯的《俄狄浦斯王》《特剌喀斯少女》等几个悲剧,才是命运悲剧。因此亚理斯多德谈悲剧时不谈命运。西方资产阶级学者责备亚理斯多德没有谈命运问题,并认为这是《诗学》的一个缺点,这个责备是不公平的。

亚理斯多德认为悲剧着意在严肃,不着意在悲。他在第六章把悲剧界定为"对于一个严肃、完整、有一定长度的行动的模仿"。我们知道,有一些古希腊悲剧以大团圆收场,例如欧里庇得斯的《伊菲革涅亚在陶洛人里》的主人公俄瑞斯忒斯终于得救而逃走,但整出剧的气氛是严肃的。罗马悲剧着意在痛哭流涕、杀人流血,这不合希腊悲剧的精神。

亚理斯多德从生物学中带来有机整体的观念,把它运用到文艺创作中。他在第七章说：

> 各成分既已界定清楚，现在讨论事件应如何安排，因为这是悲剧艺术中的第一事，而且是最重要的事。
>
> 按照我们的定义，悲剧是对于一个完整而具有一定长度的行动的模仿（一个事件可能完整而缺乏长度）。所谓"完整"，指事之有头，有身，有尾。所谓"头"，指事之不必然上承他事，但自然引起他事发生者；所谓"尾"，恰与此相反，指事之按照必然律或常规自然的上承某事者，但无他事继其后；所谓"身"，指事之承前启后者。所以结构完美的布局不能随便起讫，而必须遵照此处所说的方式。

在悲剧的六个成分（即"形象"、"性格"、情节、言词、歌曲、"思想"）中，亚理斯多德特别强调情节。他在第六章说：

> 如果有人能把一些表现"性格"的话以及巧妙的言词和"思想"连串起来，他的作品还不能产生悲剧的效果；一出悲剧，尽管不善于使用这些成分，只要有布局，即情节有安排，一定更能产生悲剧的效果。……因此，情节乃悲剧的基础，有似悲剧的灵魂。

情节要有一定的安排，要有内在的密切联系，而且要完整。亚理斯多德在第八章说：

> 在诗里，正如在别的模仿艺术里一样，一件作品只模仿一个对象；情节既然是行动的模仿，它所模仿的就只限于一个完整的行动，里面的事件要有紧密的组织，任何部分一经挪动或删削，就会使整体松动脱节。要是某一部分可有可无，并不引起显著的差异，那就不是整体中的有机部分。

除了安排而外，亚理斯多德还重视大小的比例。他在第七章说：

> 一个美的事物——一个活东西或一个由某些部分组成之

物——不但它的各部分应有一定的安排,而且它的体积也应有一定的大小;因为美要依靠体积与安排,一个非常小的活东西不能美,因为我们的观察处于不可感知的时间内,以致模糊不清;一个非常大的活东西,例如一个一万里长的活东西,也不能美,因为不能一览而尽,看不出它的整一性;因此,情节也须有长度(以易于记忆者为限),正如身体,亦即活东西,须有长度(以易于观察者为限)一样。

亚理斯多德的有机整体的概念成为后来的"三整一律"(一译"三一律")中的"情节整一律"的根据。

意大利学者琴提奥约于1545年讲授喜剧和悲剧时,根据《诗学》第五章中的一句话制定"三整一律"中的"时间整一律"。那句话的意思本来是:"就长短而论,悲剧力图存在于太阳的一周之内,或者不起什么变化。""太阳的一周"指"白天"。古雅典悲剧于一二月之间或三四月之间上演,所以此处是指十至十一二小时。古雅典的戏剧节演三天戏,有三个悲剧诗人参加戏剧比赛,每人上演三出悲剧和一出"萨堤洛斯剧"(笑剧),每人占一天时间。下午大概还要演一出喜剧,此外,宗教仪式(例如杀羊祭酒神)还须占去一些时间,剩下的时间约只有六至七八小时,这段时间决定悲剧的长度,三出悲剧和一出"萨堤洛斯剧"共约五六千行(每出悲剧平均约1400行)。"不起什么变化"一语是对史诗的长度而言。史诗短的只有三四千行,长的在10000行以上,荷马史诗《伊利亚特》长达15693行,《奥德赛》也约有12105行,因此亚理斯多德在第五章跟着又说:"史诗则不受时间的限制;这也是两者的差别,虽然悲剧原来也和史诗一样不受时间的限制。"史诗在一个白天朗诵不完,第二天还可继续朗诵。亚理斯多德在第七章对"不起什么变化"有所解释。他说:"另一方面,长度("长度"一词是补充的——笔者注）是由戏剧的性质而决定的。[限度]就长度而论,情节只要有条不紊,则越长越美；一般地说,长度的限制只要能容许事件相继出现,按照可然律或必然律能由逆境转入顺境,或由顺境转入逆境,就算适当了。"换句话说,悲剧的本质规定它应有一定的长度。

但是,琴提奥和后来的许多学者,都把第五章中的话解作："就长度而论,悲剧力图以太阳的一周为限,或者超过一点。"他们认为"长度"是指剧中的时间的长短,指一昼夜或十二小时。

由于歌队经常在场以及换景困难,古希腊戏剧中的时间受到限制,不容易拖得很长,但也有少数古希腊戏剧,其中的情节占很长的时间,例如在埃斯库罗斯的悲剧《报仇神》中,俄瑞斯忒斯由得尔福(特尔斐)逃往雅典,这两个城市相距百余公里,要走两三天；过了若干年月,他才在雅典受审判。

意大利学者卡斯忒尔维特洛于 1570 年,在他校勘的《诗学》中提出"三整一律"中的"地点整一律"(意即整出戏中的事件须发生在同一个地点上)。这条规则在《诗学》中是找不到根据的。①

由于上述的同样原因,古希腊戏剧中的地点也受到限制,不容易变换,但也有少数古希腊戏剧,其中的地点起了变化。《报仇神》开场时,剧景设在得尔福,剧中人物俄瑞斯忒斯后来逃往雅典,组成歌队的报仇神们于苏醒后前去追赶俄瑞斯忒斯。下一场开始时,地点换成了雅典,剧景设在雅典守护神雅典娜的庙地上,后来又换成了审判俄瑞斯忒斯的战神山法庭。索福克勒斯的悲剧《埃阿斯》开场时,

---

① 参见第二十四章第二段及第85页注②。

剧景设在埃阿斯的营帐前。后来,埃阿斯假意说他和元帅弟兄和好了,然后到海边去把剑埋藏起来。组成歌队的水手们得知他们的统帅埃阿斯有自杀的意图,因此前去追寻。下一场开始时,地点换成了海滩。

地点、时间整一律在文艺复兴时期有一定的意义,因为当时的戏剧结构松散,地点更换过于频繁,时间拖得过长,舞台上往往标明在下一幕开始之前,时间已过了好几十年。到了古典主义时期,一些剧作家,例如高乃依和拉辛,把时间、地点整一律奉为金科玉律,严格遵守,使他们的创作受到了一定的限制。可见"地点整一律"与"时间整一律"并非完全无意义,但限制太甚,等于作茧自缚,况且实际上也并不是如提倡者所称,在亚理斯多德的《诗学》中有什么确实的根据。

综上所述,可以看出亚理斯多德的美学观点带有唯物主义倾向。亚理斯多德肯定文艺的真实性和认识作用,肯定文艺的社会功用,提出模仿须揭示事物的内在本质和规律,强调有机整体的概念,指出文艺创作的心理根据和理智过程,破除神秘的命运观。这些原则和论点都是正确而具有深刻意义的。

但须指出,亚理斯多德在《诗学》中的论点也显然表现着历史的和思想的限制性,例如他认为只有上层贵族阶级的人才能作悲剧的主角,"这种人名声显赫,生活幸福,例如俄狄浦斯、堤厄斯忒斯以及出身于他们这样的家族的著名人物。……现在最完美的悲剧都取材于少数家族的故事"(第十三章)。

《诗学》大概是亚理斯多德的讲稿,没有经过整理,有些论点彼此矛盾,有些论点阐述不清。《诗学》风格简洁,论证谨严,但有时流于晦涩,其中许多词句只有亚理斯多德本人和他的门徒懂得,后世的人难以猜测。

亚理斯多德死后,他的遗著传给他的门徒忒俄佛剌斯托斯,忒俄佛剌斯托斯临死时,把它们传给涅琉斯。涅琉斯的后人害怕拍加曼的国王要求馈赠或廉价收买这些珍贵著作,便把它们埋藏在地窖里。百余年后,约在公元前100年,一个名叫阿珀利孔的非洲富人高价把它们收买下来,带到雅典,并请人把它们抄录,凭猜测补回一些水污虫蛀的章节。阿珀利孔的藏书于公元前84年,被萨拉运到罗马。希腊学者忒兰尼奥从萨拉的图书室中发现亚理斯多德的著作,写了几份书目提要,分赠给西塞罗、安德洛尼科斯等人。安德洛尼科斯把他获得的书目提要加以整理,并校订原文,于是亚理斯多德的著作才得以流传于学者们中间。这部著作约于六世纪译成叙利亚文,十世纪由叙利亚文译成阿拉伯文,此译本至今尚存。现存的最早的《诗学》抄本为拜占庭人于十一世纪所抄,此外还有几种十五世纪抄本。瓦拉的拉丁文译本成于1498年。

由于《诗学》在古代一度被埋没,因此这部著作对古希腊晚期和罗马时期的文学和文艺理论没有发生影响。西塞罗没有读过《诗学》原著。贺拉斯的《诗艺》中的一些文艺理论和亚理斯多德的见解有相合之处,贺拉斯大概从亚历山大里亚时期的著作中得知《诗学》的一些内容。《诗学》对欧洲文学的影响约开始于十五世纪末叶。十六世纪的意大利学者对《诗学》颇感兴趣,当时的作家按照《诗学》中的规则写悲剧,但他们所受的影响并不大。十七、十八世纪一些法国作家和英国作家深受《诗学》的影响。但这部著作曾长期被误解和歪曲,直到十九世纪才大致恢复它的本来面目。

译文根据拜瓦忒(I. Bywater)校订的《亚理斯多德的诗

学》(*Aristotelis De Arte Poetica*,牛津本,1955年)原文译出,并参考了拜瓦忒的详注本《亚理斯多德的诗学》(牛津本,1909年)、布乞尔(S. H. Butcher)的《亚理斯多德的诗与艺术的理论》(MacMillan,1920年)、毫斯(H. House)的《亚理斯多德的诗学》(Rupert Hart-Davis,1956年)和厄尔斯(G. F. Else)的《亚理斯多德的诗学:论证》(E. G. Brill与衣阿华州立大学联合出版,1957年)。前五章借用缪灵珠同志的译稿,经过一些修订,文责由笔者担负。朱光潜、杨绛、钱钟书三同志曾对大部分译文提出许多宝贵的修改意见,特此向他们致谢。

罗念生
1962年8月

人名索引

三 画

马格涅斯(Magnes)9

四 画

开瑞蒙(Khairemon)3,86
厄庇卡耳摩斯(Epikharmos)9,15

五 画

卡耳喀诺斯(Karkinos)53,57
卡利庇得斯(Kallipides)100,101
尼科卡瑞斯(Nikokhares)6

六 画

亚尔西巴德(Alkibiades)28
伊卡里俄斯(Ikarios)97
伊卡狄俄斯(Ikadios)97

七 画

希罗多德(Herodotos)28
苏格拉底(Socrates)2

克勒俄丰(Kleophon)5,76
克剌忒斯(Krates)15
希庇阿斯(Hippias)94
忒俄得克忒斯(Theodektes)55,61
狄俄倪西俄斯(Dionysios)5
狄开俄革涅斯(Dikaiogenes)54
阿伽同(Agathon)29,64,65
阿里斯托芬(Aristophanes)8
阿斯堤达马斯(Astydamas)46
阿里佛剌得斯(Ariphrades)79

八 画

泡宋(Pauson)5
宙克西斯(Zeuxis)21,98
欧里庇得斯(Euripides)41,45,59,64,78,92,98
欧克勒得斯(Eukleides)77
明尼斯科斯(Mynniskos)100
波吕伊多斯(Polyidos)55,59
波吕格诺托斯(Polygnotos)5,7,21

九 画

品达(Pindaros)100

十　画

荷马（Homeros）3，5，8，11，26，51，67，81，82，84，86，87，89，93

格劳孔（Glaukon）97

恩拍多克利（Enpedokles）3，74，95

埃斯库罗斯（Aeskhylos）12，64，78

索福戎（Sophron）2

索福克勒斯（Sophokles）8，12，45，50，54，56，65，92，102

索西斯特剌托斯（Sosistratos）101

十一画

菲罗克塞诺斯（Philoxenos）6

十二画

斯忒涅罗斯（Sthenelos）76

普洛塔哥拉（Protagoras）67

喀俄尼得斯（Khionides）9

提摩忒俄斯（Timotheos）6

谟那西忒俄斯（Mnasitheos）101

十三画

塞诺法涅斯（Xenophanes）92

塞那耳科斯（Xenarkhos）2

福耳弥斯（Phormis）15

十四画

赫革蒙（Hegemon）5—6

作品索引

三 画

《小伊利亚特》82
《马人》3
《马耳癸忒斯》11

四 画

《厄勒克特拉》88

五 画

《甲仗的评判》82
《归航》82

六 画

《伊利亚特》11,26,50,63,71,
　82,84,102,103
《伊克西翁》61
《伊菲革涅亚在陶洛人里》47,
　54,55,56,58
《伊菲革涅亚在奥利斯》49
《伊利翁的陷落》82
《伪装乞丐》82
《西农》82

《安透斯》29
《安提戈涅》46

七 画

《忒修斯》26
《忒柔斯》54
《佛提亚妇女》62
《克瑞斯丰忒斯》47
《库普里亚》82
《库普里俄人》54

八 画

《林叩斯》33,61
《拉开奈》82
《欧律皮罗斯》82

九 画

《美狄亚》49
《珀琉斯》62
《修辞学》66
《俄瑞斯忒斯》48—49,98
《俄狄浦斯王》33,34,44,50,56,
　88,102

《俄底修斯受伤》46
《俄底修斯伪装报信人》55

十　画

《埃勾斯》98
《埃阿斯》61
《特洛亚妇女》82
《涅俄普托勒摩斯》82

十 一 画

《密西亚人》88
《得利阿斯》6
《菲纽斯的女儿们》55
《菲罗克忒忒斯》78,82

十 二 画

《斯库拉》49,100

《堤厄斯忒斯》53
《堤洛》53
《堤丢斯》55
《奠酒人》55
《普罗米修斯》62
《奥德赛》11,26,41,60,82,84,
　89,103

十 三 画

《福耳喀得斯》62

十 四 画

《赫勒》47
《赫剌克勒斯》26

"外国文艺理论丛书"书目

第 一 辑

书 名	作 者	译 者	
柏拉图文艺对话集	〔古希腊〕柏拉图	朱光潜	
诗学	〔古希腊〕亚理斯多德	罗念生	
古代印度文艺理论文选	〔印度〕婆罗多牟尼 等	金克木	
诗的艺术(增补本)	〔法〕布瓦洛	范希衡	
艺术哲学	〔法〕丹纳	傅雷	
福楼拜文学书简	〔法〕福楼拜	丁世中	刘方
波德莱尔美学论文选	〔法〕波德莱尔	郭宏安	
驳圣伯夫	〔法〕普鲁斯特	沈志明	
拉奥孔(插图本)	〔德〕莱辛	朱光潜	
歌德谈话录(插图本)	〔德〕爱克曼	朱光潜	
审美教育书简	〔德〕席勒	冯至	范大灿
悲剧的诞生	〔德〕尼采	赵登荣	
艺术与现实的审美关系	〔俄〕车尔尼雪夫斯基	周扬	
卢那察尔斯基论文学	〔苏联〕卢那察尔斯基	蒋路	
小说神髓	〔日〕坪内逍遥	刘振瀛	